BRANKA TAKAHAŠI

SRBIJA DO TOKIJA

東京まで、セルビア

高橋ブランカ

未知谷

目次

東京まで、セルビア　Srbija do Tokija

月の物語

わたくしはいつも近くにいます。
夜は勿論のこと、そしてあなた達が気付いていない昼も。
わたくしは何でも知っています。
程よい距離にいるから、何でもよく見えています。
ま、厚い雲とカーテンがなければね……

ハサン湖

モスクワ、一九〇五年通り二三番地。一〇階の角部屋の浴室。窓は半開きになっています。バスタブにお湯を張る間、ヒロミは洗面台に上げた脚にシェーヴィング・フォームを乗せ、髭剃りを足首から膝に向けてゆっくりと滑らせています。かるく日焼けしたすべすべの肌が、週三回ジムで鍛えている筋肉を覆っています。ムダ毛が少なくて細いから剃らなくても充分滑らかですが、ヒロミは完璧主義者です。

膝のくぼみを剃りやすくしようと脚を捻り、そーっと髭剃りを動かします。が、一瞬しかめっ面を見せました。

――ヒロミ、ヒロミよ！　気を付けて！　いつも同じところを切っているじゃないですか⁉もう……

シェーヴィング・フォームをすすぎ、バスタブに入浴剤を入れてから暑いお湯に身を任せます。モスクワに住んでも、お風呂に入らない日はありません。一日働いて、夕刻には身体とこころの疲れをお風呂で取ります。やはり、日本人ですね。

体を拭いてから、しばらく洋服ダンスの前で悩みます。ヒロミの服の量は凄まじい！　悩むのも分かります。こちらは逆に、楽しいです。チャンスさえあれば、ヒロミの服選びを覗いています。今日は誰になるのかな？　脚を入念に剃ったという事は、ドレスにするかスカートをはくかですね。おっ！　チャイナドレスの前で止まりました。赤いチャイナを体に当てて鏡を見ます。なぜか厳しい顔をしています。そのドレスを戻し、青いチャイナを体に当てます。どう違うか、月のわたくしにはさっぱり分かりませんが、本人は満足しているみたいです。よし、決定！　今日のパーティーには青いチャイナドレスで行くようです。

ドレスを着て、手と足の爪にマニキュアをします。マニキュアもドレスと同じようにまず赤を手にしましたがすぐ戻し、紺色のびんを手に取ってよく振ります。そして足の爪から塗ってゆきます。

――ヒロミよ、今日はどうしたんでしょう？　普段は赤好きなあなたなのに。何かあったに違いありません。ですが、相変わらず顔には出さない人です。

それから手の爪に塗ります。とても綺麗な形の爪です。決して伸ばしていない、指先と同じぐらいの長さに切ってあるのに、元々指先が細いから、マニキュアを塗ると大きくて幅の広いヒロミの手が、エレガントに見えてきます。二度塗りを終え、指を広げてしばらく左右に振ります。そしてシンクに冷たい水を溜めて数分指を突っ込んで待ちます。それからメイクです。慣れた手つきでリキッド・ファンデーションを塗り、大きなブラシでチークを付けます。勿論頬骨だけではなく、Tゾーンも忘れない。アイシャドーも青系で、いくつかのニュアンスのグラデーションで目じりに向かって黒に近い紺のシャドーを専用の短いブラシで付けます。最後に薬指でぼかし、全体になじませます。仕上げに切れ長の目をアイライナーで強調させます。

化粧を終えたらクリップで止めた、顎まである長い前髪を右のこめかみ当たりで分けて、下ろします。ヒロミのパ、ー、テ、ィ、ー、ヴ、ァ、ー、ジ、ョ、ン、完成。四、五センチのヒールの靴を履き、車に向かいます。大使館のローカルスタッフのアリョーシャがパーティーを主催しています。

＊＊＊

離陸してから一時間半。なんで俺は飛行機に乗っている？　なんで俺はこの、お世辞にも美味しいと言えない機内食を食べている？　なんで俺は飲みたくもないのに高いお金を払ってワインを頼んでいる？　妻と一緒にいたくないだけなら、何も苦手な飛行機に九時間も乗ってモスクワに逃げなくてもいい。ハバロフスクにもこれぐらい味に無頓着なレストランがたくさんある。そこで二、三時間食べて安いワインかウォトカを飲んでも良かったんじゃないか？　少なくとも足は地面に付いている。

あ～あ、もういい！　同じ話をぐるぐる繰り返すな！　妻から逃げるために飛行機に乗っているわけではない。妻は関係ない。高校の同窓会に出席するため、そして仕事関係の話をするために、久しぶりにモスクワに出向いている。仮に首都がここ数年どう変わってきたか見るために行くという単純な理由だったとしても何が悪い？　俺は歴史家だ。きのうの一日だって充分歴史だ。ましてや数年。その間には、いくらでも歴史に残すべき重大なことが起きている可能性もある。

宿の提供者アントンは張鼓峰事件に詳しい日本人を紹介してくれる。ロシア語がかなり上手だそうで、通訳なしで話せるというのは有り難い。やっと日本側の見方を直截に聞くことができる。

できる？　本当にできるかな？　日本人って……、あれだ。《本音》と《建前》があると聞いたけど、それをどう見分けるか？　結構本を読んできたけど、セオリーは分かっても、実際に日本人と会って話してみると、今のは本音だったのか、建前だったのか、結局分からずじまい。とは言っても、俺は今まで一人の日本人としか話していない。

十二年前にモスクワで行われた「第一次と第二次世界大戦間のヨーロッパ」というシンポ

ジウムに参加しての帰路、ウラジオストクに向かう飛行機で、ある日本人の男と知り合った。彼はモスクワで二年ロシア語の研修を受けて、就職先のウラジオに向かっていた。俺よりいくつかは年下だったけど、話が弾んで——お酒も入ったけど——ウラジオまで二人とも不眠不休、ありとあらゆることについてフランクに語り合った。彼の提案で敬語を止めて、着陸の前に凄くウマが合う友達ができたと、俺は確信した。

妻は二十年ぐらい前に、同じように飛行機であるドイツ人の女性と知り合って、それ以来お互いに頻繁に手紙を書いたりしていた。それだけではなく、妻も彼女の家を何度か訪れたし、その友達もウラジオにもハバロフスクにも遊びに来てくれた。最初のころ俺はちょっとばかにしていた。飛行機で出会って、何度か手紙を交わしたからと言って「友達」と呼ぶのは、早いんじゃない？　だけど何年経っても二人は行き来し、こんなに離れているのにお金も時間も惜しまないで会ったりし続けているから、ま、本当の友情かな、と俺も納得した。そしてシンイチと知り合って、俺にもそんな友達ができたと信じて疑わなかった。

運悪く、俺はその後すぐハバロフスクに移動することになって、シンイチの連絡先が分からないまま引っ越してしまった。そして三年前に偶然、彼に会った！　レストランで隣のテーブルに六人の日本人の男性が何かのお祝いをしていたみたいで、ちょっと声が大きかったから俺と同僚は彼らの方を見たら、その中の一人はシンイチだと一目で分かった。ちょっと肥ってきて、結婚指輪をしていたけど、彼に違いなかった。俺はすぐ隣のテーブルに行って、「シンイチ！　ハバロフスクに来ているの⁉　いや〜、信じられない！　元気？」と次から次へと話し掛けた。

「あ〜あ、こんにちは。ご無沙汰しています」と、彼はよそよそしく挨拶を返した。

シンイチは俺のことが分からないのかな？

「俺を覚えている？　髪がちょっと薄くなったけど、へ、へ……。でもシンイチはあまり変わらないね！　ちょっと貫禄が付いたぐらいかな。結婚した？　奥さんはロシア人？」

「いいえ、違います。愚妻は日本人です。お宅の奥様は健勝でいらっしゃいますか？」

カッチカチの敬語。信じられなかった。確かに九年も音信不通だったけど、俺にとって友情は時空に左右されない感情だ。同じような考え方、同じような感じ方を分かち合う二人の人間が一緒にいること自体が楽しい。笑ったり泣いたり、時間が経つのは速い。何時間喋っても足りない。毎日会っても話が尽きない。そこは恋愛と似ている。だけど恋人同士はしばらく会えなくって、大好きな声が聞けない、大好きな体に触れられない、そうなると気持ちが冷え始める。しかし友達はどんなに長く会わなくてもお互いの関心はなくならない。恋人同士は一緒にいないと駄目になるし、一緒にい過ぎるのも二人の関係を駄目にする——居ることが当たり前になり、新鮮さを失った感情でどう対応すべきか分からなくなった人があまりにも多くて、浮気をしたり別れたりする。友情はその悩みを知らない。友情は愛情を超える素晴らしい人間関係だ。大事なのは一緒に過ごす時間ではなくて、同じ周波数。話が通じない人と毎日共に過ごしても一生「友達」とは呼べない。ウマが合う人とは、何年か会わないで再会しても話が自然に続く。つまり、十二年前にシンイチと飛行機から降りて別れたところから、話が流れ始めると思った。妻とそのドイツ人の友達もいつもそうだ。前回が何年も前だったにも拘《かかわ》らず、今朝一緒にコーヒーを飲んで、それぞれの仕事をしてからまた会ったという風にみえる。女だからではない——俺にも二人そういう親友がある。アントンは高校一年から、ミーシャは大学時代からの友達。やつらは手紙をほとんど書かないけど、電話は時々ある。機会さえあれば俺はモスクワに行ったり（あ〜あ、生まれも育ちもモスクワなのに、もう「帰る」と言わなくなった……）、彼らもウラジオ、ハバロフスク、ナホトカ、バリショイ・カーメニに仕事で来たりする。どんなに間が空いても、「さぁてと、何について話そうかな?」と、あの気まずい雰囲気になったことがない。勿論、一度親しく話しただけの人に長年の友人の反応を期待したわけではないけど、シンイチの態度は、歯医者の待合室で三〇分天気について話した人のようなものだった。それで俺はがっかりした。でもそれは多分こういう思いがけない再会だから、そして彼と俺の同僚達も見ているし——今度二人でゆっくり会えば、彼も昔のように遠慮のない立ち居振る舞いができるだろう。そう思って、俺は名刺を出して「いつでもいいから、電話を掛けてね！　飲みに行こう」と言って、自分のテーブルに戻った。

電話は掛かってこなかった。ちょっと調べればシンイチの居場所と連絡先をつきとめることはできたけど、必死に他人《ひと》の袖を引っ張って「ね、ね、友達になろうよ！」などという年齢でも性格でもない。俺と簡単に連絡をとる手段を教えているのだから、相手にその気があれば、電話一本ですむことである。その電話がなかった。理由はなんだってあり得る。シンイチも昔の俺みたいに移動したかもしれない。引っ越しは非常事態だから電話どころではなかっただろう。病気になって急に日本に帰ったかもしれないし、死んだかもしれない。俺とは何の関係もない事で声を掛けられなかったのかもしれないが、あの時の彼の丁寧な微笑と無表情な目付き、俺はどうしても忘れられない。

あと六時間半か。遠いな、モスクワ！　大きい国に住んでいて、小さいころはそれを変に誇りに思っていたけど、飛行機に乗るようになってから、セルビアとか、ポルトガル、スエーデンみたいな、離陸して、ジュースを飲んで、「みなさま、間もなく着陸いたします」というアナウンスが聞ける国に住んでいる人を羨ましく思うようになった。

いつも通り、眠れない。いいや、目をつぶっていよう……

しかし、どっちの方が先に撃ったんだろう？　ハサン湖のほとりで一体、何が起きた？　ソ連の歴史書には日本側が「卑劣に」何回も一方的にちょっかいを出したと書いてある。けれど、私達の軍はそれに応じなかった。そして七月二十九日に本格的な攻撃を受けて、反撃した、と主張する。戦いは八月六日にソ連の圧倒的な勝利で終わったそうだ。死者と負傷者は日本側がはるかに多かった、と。しかし現地にあるお墓の数とまだ生きている参加者の証言、そしてウラジオストクの病院が対応し切れないほどの怪我人がいたというデータは表向きの話と大分違う。六月にリュシコフ氏が満州の方へ亡命したことはソ連にとって物凄い打撃だったはずなのに、彼の話をできるだけ避けているから余計あやしい。それで積極的に調べるようになった。日本大使館の人はどんなことを教えてくれるのか大変興味がある。

妻は、なんで今さらそんなことが気になるの？　と理解してくれない。もうとっくに終わったことだし、どの戦争も同じように悲劇的なできごと――だれが先に撃ってしまったか知ったとしても結果は変わらない。あんなに人が死んだのに、「勝った、勝った！」と喜べるの？　この国が国民をどれほど騙してきたか、あなたにもちゃんと分かっているじゃない。日本側の話を聞いても、どうせ自分たちに都合のいいように話を作るでしょう。全部を作らないにしても、微妙なところは修正しているに決まってる。そして、冷たいかもしれないけど、日本も戦争に負けて自業自得なの。大人しく自分の島々にいればいいのに、他の国を侵略するからあんなことされちゃった。しかも天皇が神そのものだと信じて、戦争に行ったというじゃない？　これが中世だったらまだ分からないでもないけど、二十世紀よ！　二十年後には、ガガーリンが宇宙に飛んだ時代なの。戦争に負けてラジオで天皇の声を聞いて、人間だ！　と分かってショックを受けた日本人がどんなにいたことか。日本人はずれているのよ。彼らに真相を求めるあなたも相当の変わり者だと思うけど。

ずれているのはお前だ！　と言おうと思ったけど止めた。またあの話に戻ることになるから。彼女が朝五時に帰って来た事件。あれは俺たち夫婦の「張鼓峰事件」だ。浮気はあった？　なかった？　誰が悪い？　妻は女友達の家で飲んだと言うけど、嘘くさい話だ。俺の目を避けて、「疲れた」と言ってすぐベッドに入ったけど、その割にはうきうきしたオーラを発していた。その後も数日は同じオーラに包まれていた。絶対に男と一緒にいた。

しばらくして彼女は平常心を取り戻し、俺たち家族の生活はいつも通り続いた。妻と俺はそれぞれ仕事が忙しかったし、娘のアーニャは高校に進学して、熱心に部活をやりながら学校の成績も良かったから、親としては特別に話し合う必要はなかった。娘が大きくなるともう親と一緒に海辺に行きたがらないから、俺たち夫婦も夏休みを合わせて取る必要がなくなった。周りを見ても、ま、普通の夫婦。普通の家族。いや、普通じゃなくて、大体の家族より上手くいっていた。だって、周りは次から次へと離婚していたのに、俺たちはお互いにこれといった不満を抱いた訳ではない。

決定的不満がなかったとは言え、何も変えたくない訳でもなかった。俺は昔、アーニャが小さかったころが恋しかった。よちよち歩くアーニャ。いっぱい喋るけど、何を言っているか分からないアーニャ、目と口が大きくて、手足が短いママとパパの絵を描くアーニャ。そのころは娘のことで、よく相談し、よく笑った。俺は毎日、家族と共に生活する喜びを感じていた。多分美化しているだろうけど、苦労と心配は忘れて、いいことしか覚えていない。そのころが懐かしくて、四十代に差し掛かろうとしていた妻に、「子供、もう一人ほしい」と言ってみた。あの朝帰りがあって、妻が取り返しのつかない処まで踏み外す前に、もう一回俺たちを必要とする小さな人間を作って、求心的な生活を取り戻そうと思った。

妻は右の眉を高く上げて、「はい!?」と言った。

聞こえない、理解できない、というのではない——今言っているでたらめは、あなたが高いところから落ちて、強く頭を打ったからでしょう——という長い文章の代わりに、俺をおとしめる時に妻がいつも言う「はい!?」だった。

「駄目? なぜ? きみはアーニャの小さいころが懐かしくないの? あのちっちゃい腕

を目一杯広げて、ヨチヨチ走って来て、『ママ！』と喜んでくれたのは最高に幸せだったでしょう。俺は最近それが恋しくて……」

「私は結構です！　やっと自由になれたのに」

普段大人しい俺はそこでカッとなった。

「確かにきみは自由になった！　朝五時まで女友達とお酒を飲めるぐらいにね！」

「女友達」を強調して、彼女の話をいかに信じていないか伝えた。

「もうっ！　相変わらず自己中心で！」と投げ捨て、妻は部屋を出た。

訳分からない。なんで俺が悪い？　どこが「自己中心」？　そして肝心な「女友達」の正体は明らかにならないまま話が再びつまずいた。何もなかったのに、俺が不公平に彼女を疑っているだけかもしれない。だったら、はっきりそう言ってくれれば、俺は素直に謝る。もし浮気をしていたとしたら、勿論傷つくけど、それからどうしようか、二人で考えればいい。それが一度の成り行きだったなら、俺は許せると思う。でももっと深い関係だったら、許すも許さないもない――妻は俺ではなく他の人がいいということなら、無理に俺といないでその人と一緒になればみんながすっきりする。とにかく、このもやもやした気持ちから解放されたい。知らぬが仏とは言うが、俺は知りたい。風呂に入らないで、悪臭を香水で誤魔化した昔のフランス貴族みたいなことはやらない。

きのうもその話になって、妻がまたバン！　とドアを閉めて部屋を出て行ったが、今回はちょっとした進展があった。少なくとも、全ての問題の原因は俺にあるということを妻が「あなたは自分で気付かないから教えてやる」と慈悲深く悟らせてくれた。

どうでもいい、過ぎてしまった話をいつまでもほじくる――俺が悪い。

どうでもいい歴史本ばかり読んで、彼女に注意を払わない――俺が悪い。

大学で夜遅くまで研究していると言うけど、本当は浮気かもしれない――俺が悪い。

それからバン！　とドアが閉められた。俺はというと、ポカンと口を空けたまま立ちつくしていた。

こんなに俺に不満があったのか？　浮気なんか一度もしたことのない俺に。確かに毎日夜遅くまで研究室にはいるけど、もっと一緒にいたいなら、そう言えばいいじゃないか？

お互いを隅々まで知っているはずの二人の間にさえこんなに誤解がある。二つの国の関係が上手くいく可能性はどんなに少ないことか！

当時のソ連と満州の国境が正確に定まっていなかったから、ああいうことになった。ソ連は、国境線は張鼓峰頂上を通過していると考え、日本側の主張では張鼓峰頂上一帯は満洲領であるとの見解であった。俺は妻みたいに「他の国の領土に手を出すからいけない」と思う訳ではない。海以外何の資源もない日本には同情しているから、植民地を持とうとする動機は分かる。そもそもそれがいけない！　と日本（そしてイギリス、ポルトガル、スペイン、オランダなど）に道徳的なお説教をしても始まらない。植民地側にも、少なくない良いことがあった訳だ。日本だって、台湾では大歓迎されていたし、台湾人は未だに親日感情が強い。しかし国境はきちっと定めて置く必要がある。当事国が納得するのは当たり前だが、それだけでは充分ではない。なにしろ、国がばらばらになったり、政権が変わったりするから、「ロシア帝国との合意を認めない」と新しくできたソ連が言えばそれまでである。だから必ず第三者、なんらかの国際機関も参加しないといけない。日本は歴史から何も学んでいないようだ――尖閣諸島は自分の領域だと言えば、中国は「はい、失礼しました！」と素直にそれを認めるとでも思っているのか!?　国際法廷でそれをはっきりさせないと、問題はいつまでも解決しない。

アントンの言う大使館の日本人はどんな人だろう？　はっきりと意見が言えるタイプだと話がしやすくなる。

ハ、ハ、妻がいたら今、笑われただろう。また世界を救おうとしているのね、と。安倍総理の特別外交問題アドバイザーとして雇ってもらえば？　と。笑われても文句は言えない。時々本当に、俺みたいにまともな人間はいない！　と思ったりするからな……。だから、その日本人が曖昧な発言をしようが、ずけずけ言おうが、俺の知ったことではない。俺達二人の話によってロシアと日本の関係がよくなる訳ではない。彼には資料さえみせてもらえれば充分。

まだかな？　まだだよな――。ウラル山脈をまだ越えていない。俺には世界を何度か救う時間があったのに、モスクワはまだだ！

ふぅ、やっと着いた！　アントンとは三年ぶり、大分丸くなっている。自分のビジネスをやろうしたころはがりがりだった。当時は肥っているアントンを想像すらできなかった。しかし日本大使館で運転手として働き始めてから、安定した収入と歩かない日常生活ですっかり変わってしまった。

「おい、おい、おいッ！　なんだ、その腹⁉　糖尿病まであと一歩だぞ」と挨拶代りに言ったら、アントンもすかさず「糖尿は肥満だけが原因じゃない。お前みたいな救世主症候群の奴はストレスでやられるから、俺より気をつけろ！」と言いながら、いつも通り骨がギシギシ鳴るほど強く抱きしめてきた。体重が変わっても、性格は昔のままだ。古き良き友。

「俺は仕事が入ってしまったから、途中にある同僚の家で降ろしてやる。そこで今日みんなでパーティーをやっている。俺も後で行くからな。そこで飯をちゃんと食っとけ――うちには何もないからな」

「うむ、分かった……」と取り敢えず返事はした。こころは、雨がにじむ車窓の向こうに、堂々と自分の存在感を訴えているモスクワに捕えられている。街並みが不揃いで、渋滞が酷い、そして気候も住民も暗いこの街はやっぱり……妙に人を魅了する何かがある。

「あいよ！　九階の一一号室。ドアには『ルキン』って書いてある。家主には言ってある。じゃ、後で俺も合流するからな」

車から降りて、ドアをもう閉めかけた時に思い出して「あの人……なんだったっけ……カワグチ？　もいるかな？」と訊いてみた。

「さあな、いるかも」


「アントンの友達、ボリース？　ようこそ！　今空港から来たんでしょう？　じゃ、速く何か飲まないと！　食べ物も飲み物も好きなものを遠慮なく取ってくださいね。セルフ・サービスで民主主義・共産主義・快楽主義。どうぞ、寛いでください！」多分家主であろう人が案内してくれた。ぱっと見、二十数人。ロシア人も日本人もいる。台所とリビングで飲んだり、お喋りしたりしていた。三、四人の小さい子供が走り回っていた。リビングの奥に椅子が空いていて、俺はそこに腰をかけた。

「ビールはいかがですか？」と隣にいた小柄な日本人女性がコップとビール缶を差し出し

てくれた。

取り敢えずロシア語ができるみたいだったから俺は「あ、頂きます！　私は運転手のアントンの友達です。ボリースといいます」と自己紹介した。

「私の名前はアキラです。宜しくお願いします！」

「えッ？　アキラですか⁉　男性の名前ではなかったんですか？」

「ハ、ハ、みんなに訊かれます。日本にはいくつかそういう、ユニセックスな名前があります。アキラ、とか、ナギサ、ヒロミ、ジュン……」

「へ〜、クロサワアキラしか知らないから、勉強になりました。しかし、ややこしくないですか？」

「えぇ、そういう場合もない事はないですが……。ところで、召し上がりますか？」アキラはお皿を渡してくれて「何か苦手なものとか、アレルギーが出るものはありますか？」と面倒をみてくれた。

「え？　あぁ……、何でも食べられます」なんだか、悪いような、気持ちのいいようなシチュエーション。日本人は控えめで、特に女性はシャイだと聞いていたけど、アキラはちっともシャイではなかった。だけど押しつけがましいところも全くなかった。俺を魅力的な男として見なかったからか分からないが、色目を使うそぶりもなかった。彼女とモスクワの住み心地について話していたら、ご主人と三歳の娘さんも隣に来て、話が一層弾んだ。お互いの気持ちを害さないよう自国の自慢と同じくらいの恥になる話をして、久しぶりに笑ったり笑わせたりした。しかし、俺は警戒した。どうせ違うところで会うことがあったら、彼らの態度も違うだろう。明日大使館で出くわしたら、敬語の壁を間に置かれるだろう。そんな風に思わずにはいられなかった。

他にも何人か楽しく話した日本人とロシア人がいたけれど、一番印象に残ったのはチャイナドレスを着た日本人の美人女性。彼女とは話していないから日本人だとは断言できないけど、みんなは日本大使館の人たちで、その人だけが中国人だとは考えられない。たった一〇分しか同じ部屋にいなくて、しかも席が離れ過ぎていて、誰かが俺たちを紹介するきっかけもなかったし――彼女の国籍は確認できなかった。どうでもいいと言えば、どうでもいいことだが……

リビングは間接照明で照らされていて、ちょっと暗かったのも事実だが、しかし、ま、久しぶりにドキッとする美人を見た。彼女が部屋に入ろうとした時に廊下にいる誰かに声をかけられたみたいで、彼女は振り向いて、その人にまぶしい笑顔を送ってからリビングの戸口を潜り、そこにあった椅子に腰をかけた。その一連の動作はあまりにも滑らかで、うっかり見惚れた。綺麗な動物――豹――のような体の運び方だった。女性にしてはちょっとがっちり過ぎて、筋肉がよく発達しているような気がした——何らかのスポーツをしていたに違いない——けど顎まである前髪に隠された顔の半分ときらきらしている切れ長の目はとても神秘的だった。彼女が足を組み、髪を耳の後ろで止めた瞬間に俺と目が合ってしまって、彼女は視線を逸らした。小さい耳のダムは重い髪の量に耐えきれなくて、髪がドバドバッと崩れ落ち、顔がまた見えなくなった。カーテンが下りたら、ショーの終わり。ショーというものもなかったのに——彼女は俺を誘惑した訳でもない、俺も言い寄るつもりは、それより更になかった。ただ俺は久し振りに思いっきりドキッとした。東洋人女性が白人男性に人気のある訳が、その日に分かった。

　トイレに行く時に彼女の横を通り、面白い髪型だな、と思った。前髪は長いのに、後ろは短くて、高く刈り上げている。後、ワイングラスを持った手の爪は青いドレスより濃い紺色のマニキュアが施されていることに気付いた。俺は保守的で、口紅とマニキュアは赤に限ると思い込んでいたが、こう服に合わせるのもありかな、と思った。だけど妻がこういう爪とか髪型をしたら凄い違和感があるだろう、習慣って恐ろしいものだよな、おい、オープン・マインドにならないといけないぞ、こういった思いが、いささか飲み過ぎた頭を次々とよぎっていた。トイレから戻る時、彼女はもういなかった。

　十一時過ぎにアントンが現れ、「腹減った！」とわめきながらあるだけの食べ物をきれいに平らげた。寝る前にこんなに食べれば、肥るのも当然、と思ったが、本人には言わないでおいた。救世主も時には黙るのが良い。

次の朝は髭を剃りながらアントンのお風呂場の鏡で、軽い二日酔いと軽くない四十九年間が俺の顔に残した皺とたるみを普段と違う照明で見た。「だれだ、こいつ？」と思った。わが家の鏡は優しい嘘つきだ……

大使館に着いたら受付で身分証明書をみせ、間もなくカワグチが迎えに来てくれた。今朝、スーツケースを開けた時に、ネクタイを忘れてきたことに気付き、アンフォーマル過ぎるのではないかな、と心配しながら来たので、カワグチがしている紺色とこげ茶のネクタイに一番に目が行った。上着のポケットからそれと同じ模様のハンカチが覗いていて、随分お洒落な人だ、と思った。俺よりいくらか背が低いが、いい体格の男が力強く握手してきた。

「ボリースさん、ようこそいらっしゃいました！」と満面の笑みで俺を自分のオフィスに連れて行ってくれた。髪の毛がオールバックで、そのお蔭で表情がとてもオープン。初対面なのに、どことなく前に会ったことのある様な気がした。アジア人はみんな同じ顔をしている、と思っている訳でもないのに。ドアの前でカワグチは「どうぞ、お入りください」と言って、俺を先に部屋に入れた。その時一瞬俺に背を向けた。後頭部の髪の毛は短くて、高く刈り上げていた。

うむっ？

「あ、遅くなりました！」と彼は言って、名刺を渡してくれた。

『在ロシア日本国大使館　三等書記官　カワグチ・ヒロミ』と書いてあった。

俺も財布を出し、名刺を探したが、一枚も出てこなかった。しまった！　ネクタイの次は名刺か。しっかりしろよ、おい！

「あ、大丈夫ですよ、ボリースさん！　名刺ぐらい気にしなくていいですよ。どうぞかけて下さい。アントンさんの話からは、ボリースさんは張鼓峰事件のソ連側の公式バージョンに不信感を抱いていると伺いましたが……」

「はい、そうです。実際に起きたことと明らかに一致しないいくつかのことがあって」

「日本もそうですよ！　正式なデータは時々物凄く嘘くさい。しかしそれと正反対の右翼的な歴史家の数字と解釈もまたとても信じ難い」

「そうですね。でも疑っているということを声に出すと、裏切り者扱いされます」

「それはよく分かります！　私も両側からそう言われています。『日本が戦争にぼろ負けをして当たり前で、しかもそれは公平だった』と主張している公式的な側からも、『いや、日本は一つひとつの戦いを見れば、実は勝っていた』という意見を押し通そうしている宗派からも」

俺と同じ周波数の人だ！　しかしそう思う一方、カワグチの顔を見れば見るほど、夕べのチャイナドレスの美女を思い出していた。いや、ありえない。そんなばかな！　と自分に言いきかせて、話に集中しようとした。

「あ、そうですか。ロシアにはまだ『両側』は存在していません。九九パーセントの資料は同じ『圧勝』をうたっています。それを疑っている私のような人間は少数派で、声がまだ小さい」

「うちの家内は冗談で、日本の出している数字とロシアの数字を単純に積算して二で割れば、本当の負傷者の数が分かると言っています。私も、それで真相にかなり近づくんじゃないかと思います」

もう少し抑えた驚きをすれば良かったのに、俺はとっさに「えッ、ご結婚、なさっていますか？」と言った。

カワグチは顔の表情を変えないで言った。「はい、妻は東京にいます。私ももうすぐ帰りますが」

「あ、夕べは奥さんのドレスを着ていらしたんですね」――とは、勿論、言わないで――「あ、そうですか。じゃ、我々の話を急いでしないといけませんね。カワグチさんがロシアにいらっしゃる間しかできないことですね」と言いながら俺はこころの中で彼に謝っていた。

とんでもない勘違いをしてしまった。そして自分にがっかりした——俺も、所詮、アジア人はみんな同じ顔をしていると思い込んだ白人に過ぎない。

「そうですね、急ぎましょう！　本当のことは七五年間、国民には隠されています。どこから始めようかな？　例えば当時の地図を見てみましょう」と言いながら、カワグチは机ぐらいの大きさの地図を出した。丸めて保管していたせいで、机に乗せると端がくるくると真ん中の方へ丸まって来た。カワグチは両端を手で押さえた。

その時だった。

指を広げた右の手はちょうど俺の目の前に置かれていた。小指の爪の右端にわずかながらも、落とし切れていない紺色のマニキュアが見えた。俺は不意に彼を見上げた。

彼は俺の目から全部——夕べ俺は他の誰よりも青いチャイナドレスを着た女性に興味を持って、そしてその女性は実は彼であることに俺が今気付いた——他にも細かいことを俺の目から全部読みとった。

俺はというと、彼の目から何も、ま・っ・た・く・な・ん・に・も、読みとることはできなかった。

しあわせもの

けさ、主人が早めに起きて、新聞と誕生日プレゼントの花を買いに行った。帰って来た時にいつもの赤いバラの花束（彼はそれ以上の発想ができない）、そしてプレゼント用のきれいな紙袋を渡してくれた。

「これはドアノブにぶら下がっていた。俺は開けないけど、告白することがあったら、今のうちだよ！」と、にやにやしながら私の頬にキスをした。言うことも、にやついた顔付きも、いつもと同じ。私も、例年と変わらない「ファンが多いからわからない、だれかしら？」と言った。これは私達の毎年の演技。彼は、勿論私を疑わない。疑った事がない。私には浮気ができっこない、と彼は確信している。本気でやきもちをやいたことは一度もない。私は他の男の人にはもてないと思っているのでしょう。

もう何の魅力もない女になったのかな？　四十五歳になる今日は念入りに自分をチェック

する。布団から右脚を出して、高く上げる。以前のように申し分のない脚。長くて、引き締まっている。膝の周りに毛細血管がクモの巣のようになっているけど、間近に見ない限り、全然目立たない。ウエストも、四十五歳の二児の母にしては細い。だてにエクササイズをしているわけではない。そして、物心ついてから空腹を満たしたことはない。少なくとも鏡を見るときに満足を感じないと、単なる自己いじめになる。髪の毛はまだボリュームがあって、元の茶色に戻せば、もう少し若返る。黒は、やっぱり私には合わない。黒はダリヤの色。自然は一番良くわかっているみたい。生まれたときの色はその人に一番似合うってことだよね。鏡に近付いて、目元を細心に見る。目の周りに皺はあまりないけど、目の中にも輝きは、同じくない。

「鏡や、鏡、壁の鏡よ。国中で、誰が一番美しい？　言っておくれ」

鏡は黙って、訊いた本人の愚かさと自信のなさに自嘲する中年女性を映すだけ。うちの旦那は正しい――私には浮気ができっこない。男の気を惹くのは、何よりも目付きだから……

着替えて、子供たちからプレゼントをもらって、お礼にたくさんのクレープを作る。そして紙袋の中身を見る。《秘密のファン》はやっぱりダリヤだった。彼女は今日の夕方ドイツで個展を開くために、朝の便で発った。空港に向かう途中、うちの玄関まで立ち寄って、ドアノブにプレゼントを掛けておいてくれた。袋の中の手紙を読まなくても、わかっていた―

——それはダリヤしか思いつかない、ダリヤしか実行しないことである。彼女以外にそのようなことをする人を私は知らない。そこまで気の利いた女性はいないし、男性には言うまでもなく、いない。親友のダリヤが男だったら、私にも理想的な恋愛ができたでしょう。でも、ダリヤが男だったら、私みたいな女性に振り向く事はないだろうな。現実の世界でも、夢の中でも、私は相変わらず「はずれ」を引いてしまう、ついていない人なのである。

袋の中には小包と手紙が入っていた。プレゼントは、私が一番感動した彼女の小さな絵だった。その絵は今回のインスタレーション展に使うものだったのに、私が数カ月前に見て「きゃ～、ほしい！」と言ったことを覚えていて、プレゼントしてくれたのだ。

ご紹介しよう——そのたぐい希《まれ》な人はダリヤという美しい花にちなんで名づけられた美しい私の幼馴染。私にも、一応、花がらみの名前が付いているのだが、ヤスミーナ（ジャスミン）は私の他に私達のクラスだけで二人もいた。一方ダリヤは、学校全体にも、セルビア中にも、彼女しかいなかった。ダリヤは高校二年のときに転校して来て、私の隣に空いていた席に付いたのだ。

「ここは空いていますよね？」と質問というよりも、断定的に聞こえて、私はむっとした。普通は「いいですか？」と訊くでしょう。「ん、ま……」と、私が答える前に、ダリヤはもう坐っていた。

（後で知ったことだが、教室に入る前に先生が「窓際の列にちょうど一つ席が開いている」と、教えたそうである）

人付合いが苦手な私には、相手の目をまっすぐ見て、にこにこしているダリヤは珍しい動物か宇宙人のようにみえた。「何がそんなに楽しい⁉」と、毎日不思議でしかたなかった。クラスメートはみんな幼稚で、遊ぶことしか考えていなかった。頭が良くて、勉強で対抗馬になったのはアレキサンドラぐらいだったけど、彼女は明らかに精神病患者だった。だから、私は基本的に誰とも会話をせず、先生に訊かれたときぐらいしか口をきかなかった。ダリヤは当時の私には凄いお喋りにみえていた。社会に出て、色々な人に出会ってから、ダリヤはいたって普通だとわかったが、当時はお喋りの上にいつも機嫌が良くて、私にはとても珍しかった。最初は、私が引いた線を越えてくるのではないかと思ったけど、時間とともに、図々しい人ではないことがわかった。ダリヤも、どちらかと言えば、マイペースな人なのである。授業中でも、休憩中でも話し掛けてこない日も多々あった。そんなとき、彼女は明らかに自分の世界に入って、何かに取り組んでいる様子だった。何かを書いていた。私も少しずつ打ち解けたから、興味を持って、その紙を覗くと、彼女はにこっとして、「詩を書いてる」と、簡単に言うだけだった。そのほかに、絵も描いていたし、折り紙も作っていた。手先が器用で、どんなくずからも面白いものが作れた。

「ダリヤは何でもできるね」と言ったら、彼女は
「いや、何でもできるんじゃなくて、好きなことが多いだけ」と答えた。

「羨ましい。私は理科系にしか向いていない」

「いや、私の方が羨ましい。ヤスミーナは方向が決まっている。私は、そろそろ受験勉強を始めなければならないのに、何にするかまだ迷っているのよ」

でも彼女の「迷っている」はとても穏やかなものだった。私が迷うとき、それは「苦しむ」に近い。振り返ってみると、ずいぶん無駄にエネルギーを使って来たな、と、無意味だとわかりながらも、後悔している。

気に入らないことに出会うと、私はまず怒る。

「この野郎！　次から次へと来やがって！」

怒りながら、物事を必死に変える努力をする。勉強には自信があって、大体の問題を克服することができる。だけど、私の努力ではどうにもならないことっていっぱいある。でも負けず嫌いだから、全力でぶつかる。結果は――おでこにこぶ、収まらない苛立ち。周りの人々のやることなすことが私を苛立たせていた。言うまでもなく、彼らと仲良くなろうと思ったことはない。彼らもまた、いつも刺々しくしている私に近付こうとはしなかった。

なぜダリヤはこんな私と関わることにしたのでしょう。彼女は自分の世界に入って、その

世界にいるもう一人の自分を相手にくつろぐことが得意。傍に誰かがいてもいなくても。「ダリヤは友達には困らないのに、どうして相手にしてくれるの？」と尋ねようとも思ったが、皮肉たっぷりの返事が返ってきそうな気がして、とうとう訊かず終いだった。日々が過ぎるうちに話す機会が多くなり、気が付いたら、学校の帰り道をダリヤと歩いていた。花屋のある交差点に着いて、「じゃ、また」と別れる。それも高校三年になってからは、しばらくお喋りしてから彼女は右、私は左に曲がる。受験が近づくにつれて、立ち話が長くなっていった。学校の授業ばかりでなく、家でも夜遅くまで問題集を解く毎日に相当ストレスがたまって、別れ際の花屋の交差点で愚痴をこぼしたり、馬鹿話をしたりして、解放感を味わうのだった。

ある日交差点でお喋りをしていたとき、ダリヤのお母さんが近くを通った。娘に気付いて、私達のところに来た。

「こんにちは。あなたが噂のヤスミーナですか。私はダリヤの母です。あ、ちなみに、ヤスミーナと同じくフランス語が苦手でした。先生が気難しい人でね。ほら、あなた達の先生と一緒ですよ。でも高校はもうすぐ終わりだし、ヤスミーナが全然違うものを勉強する予定ならば、気にしなくてもいいのよ」

私はあっけにとられていた。――ダリヤは学校のことをお母さんに話しているぅ!?

お母さんは付け加えた。

「ここで立ち話するより、うちでゆっくりコーヒーでも飲みながらお喋りすればいいじゃない？　ダリヤ、ヤスミーナをまだお誘いしてないの？」

私はもっと喫驚《びっくり》した。どうしよう⁉　招待を受けたら、次はダリヤをうちに呼ばなくちゃいけない……。そこでとりあえず、

「今日はのんびりし過ぎました。帰って、勉強しなければ……」

とことわって、あわてて彼女らと別れた。

うちに他人《ひと》を呼ぶのは真っ平だ。昼間は母がいて、お客さんに紹介しないわけにはいかない。それは絶対駄目！　母は酔っているか、男にどんなにもてているかというお伽話をするか、いずれにせよ、まともな人間と会わせることは恥ずかしい。

ダリヤは、最後の最後まで「これでいいかな？」と迷いながら哲学部を選んだ。私は建築学科。ある日、交差点で立ち話をしていたら、ダリヤが言った。

「私の父は建築エンジニアなの。ヤスミーナに何かわからないことがあったら、いつでも教えるから、うちに誘いなさい、と言ってたわよ」

何とかごまかそうと口を開けたものの、他には相談する相手がいなくて、行ってみること

にした。

それからは、定期的にダリヤの家族を訪れるようになった。

さて、そろそろ着替えないと。もうすぐお客さんが来始める。飲み物——よし！　カナッぺからデザートまで——よし！　あとはバースデーケーキにホイップクリームのデコレーションを付けるだけ。完璧！　深夜三時まで掛かった。ダリヤにいつも言われている。

「なんでわざわざ？　いまどき手作りオンパレードの誕生パーティーなんて、もうないよ。時間がもったいなくない？」

「いや、別に……。年に一度のことだから、全然苦にならない」と、一応は答えるけど、苦にならない訳ではない（実のところ、かなり苦になっている！）。だけど、私は何でもできる、私は完璧な女だ！　というイメージをもう壊せない。男に負けない仕事をしているだけではなく、家はいつもピカピカ、ご飯はいつも手料理、主人と子供たちは清潔で、服はアイロンが掛かっている。どうだ!?　という姿勢で世界に臨んでいる。そして期待どおり「わ〜、すご〜い！」と言われると、いい気持ちになる。しかしこういうときにもダリヤにからかわれる。

「おやっ！　完璧主義者はろうそくを買いました!?　手作りじゃないのぉ!?」

私が完璧主義者になったのは、彼女のせいなのである。ダリヤに出会うまでは、自分がどう思われようと全く気にしなかった。好印象を与えようなんて面倒くさいし、気にする意味もわからなかった。そもそも、生きることすら意味がないと思っていた。

ダリヤが私の隣に坐った最初のころの会話は、大体が私の「別に……」で窒息していた。だって、彼女は、私が普段考えないことを持ち出すの。どう答えればいいかわからなかったから、「そう、私もそう思うわ」とも「いや、それは違うよ」とも言えないわけ。で、「別に……」と言うしかなかった。

「へぇ……。ヤスミーナは何にも執着してないんだ」

「なんで執着しなきゃいけないの？　意味ないもん。何かに執着したからって、物事が変わるわけじゃない。私が何かに対して意見を述べたからと言って、何が変わるの？　生きたって、死んだって、一緒よ」

「じゃ、死ねばいいじゃない？」

正直言って、そこで絶句した。

「ヤスミーナは神様を信じているの？」

「いや、信じない」

「だったら、あの世で罪に問われる恐れはないから、この無意味な存続を終わらせればいいいじゃないの？」

「死ねって言ってるの!?」

「とんでもない！　もしヤスミーナが自殺することにしたとしても、遺書にはダリヤがすすめたとは書かないでね！　私はあくまでも行動と関係ない理論を追求しているだけ。生きるのに意味を見出せない人が生きて損をしているのはその本人だけに留まらない。周りも迷惑なの。地球にまで迷惑を掛けているのよ！　だって、その人が食べたり水を飲んだりしている分、資源が無駄に使われる。学校に行けば、教科書とかノートを使うでしょう。無駄に生きている一人のために何本もの木が倒され、それが土壌にも気候にも悪影響を及ぼす。洋服を着れば、汚れるでしょう。そしたら洗濯をしなければならない。洗剤だの、柔軟剤だの、漂白剤だの……物凄い環境汚染が進むわけ」

何言ってんの、この人!?　私は唖然とした。あまりにもおかしな話だから、どう反論すればいいかわからなかった。

「意味深く生きる人は地球に迷惑をかけていないとでも言いたいの？」としか言えなかった。

「いいえ、みんなが環境破壊をしているのよ。やがて人類にも地球にも終わりが来る」

「ダリヤこそあまり執着していないいんじゃない！」

「こればかりはしかたのないことなの。生まれたものはいずれ死ぬ。嘆いてどうにかなるものではない」

「ほら、意味ないでしょう！　どうせ死ぬんだから」

そのときに先生が教室にいらして、授業を始めようとされた。で、ダリヤは小さい声で言った。

「そうよ。生命は無意味な現象。なくても、誰も困らない。だけど、生まれてきたからには意味を見つける、というか、作り出す、というか……。探せば、いくらでも意味があるの」

先生がそこで「ダリヤ！」と私語を注意されたから、話は終わった。

その日からダリヤが私にとって少し怖くていやな、だけど尊敬と憧れの存在になった。

当時を思い返すと、私って、どんなに無知だったか、呆れてしまう。どの男子生徒よりも理科が得意で、頭がいいとうぬぼれていた。でも実は馬鹿だった。もし息子と娘に「生きるのって、意味ない」とでも言われたら、おもいっきり叩いてやる！

ダリヤと私は同い年なのに、なぜ私があんなに浅はかで、彼女は物事を多面的に考える能力があったんだろうか。生まれつきもある？　でも決定的なのは、やはり育ちだと思う。ダリヤのご両親はどんなことについても彼女と話していた。大学受験を控えて、私はダリヤの家族を頻繁に訪れるようになった。それぞれ自分の部屋に閉じこもっている私の家族と違って、ダリヤたちはいつも居間に集まっていた。お父さんは仕事が終わると、まっすぐうちに帰って、お母さんは詩人だったので、基本的に家にいた。

私はダリヤのうちで、一種のカルチャーショックを受けた。和やかなムードの中で様々なことについて会話をする家族があるなんて、初めて見た。文学、物価、美容、政治、人間関係などなど……。最初のうちは参加できなくて、居心地はあまり良くなかった。何しろ、会話術が身についていなかった。知識も乏しかったし……。でも、行くたびに楽しむようになった。大人が私の意見を聞いてくれる、子供扱いしないというのは、嬉しかった。

ダリヤのご両親は晩婚だったのかうちよりかなり年上で、落ち着いた五十代半ばの人だった。あるいは長い間二人で人生を楽しんで、そして本当に子供が欲しくなってダリヤを産んだのだろう。あんなに子どもを大事にするのだもの。ちょっとした過ちで出来てしまった私とは大違い。ある時、私はダリヤにそう言った。

「私たちはスタート地点が違うのよ。要りもしない男と要りもしない子供ができちゃったと、何かの度に嘆いているアル中女の娘と、可愛くて、可愛くて、ダリヤちゃんが生まれてくれるのを待ちに待ったよと、毎日証明をしてくれる両親のあなたとでは、天と地の差よ」

「お母さんはかなり飲んでるの？　それは辛いわよね。だけど……ヤスミーナは自分の不幸にしがみつき過ぎているような気がする。自分が一番ついていないと思い込んでない？

他の人だって、何かしら辛い経験をしているのよ。私の両親は確かに円満夫婦で、私を大事にしてくれるのは事実だけど、生まれるのを待ちに待ったのは、姉のほう。私はおまけなの」

「えっ!? お姉さんがいるの?」

「いたの。七歳で車に轢かれて死んだのよ。姉こそ待望の子供だった。長年の不妊治療が成果をあげてね。やっとできた娘を亡くして、もともと子供を産めない体質だった母はもう妊娠しようとしなかった。三十代の終わりだったし――無理だと思ったようで……。私には言わなかったけど、母はもう子供をほしがらなかったみたい。当時の母の詩を読むと、物凄い絶望が見て取れるの。生きているのに意味がないってストレートにね。でも、運命のいたずらで三十九歳で思いがけない妊娠。初めは更年期障害だって思ったらしいわ。私、毛深くて醜い赤ちゃんだったそうよ」

私は恥ずかしくて、しどろもどろに言った。

「なぜ前にそれを教えてくれなかったの? 知ってれば、こんな無神経な話はしなかったのに」

「だって訊かなかったでしょう? 訊かれもしないのに、不幸自慢なんてしないわよ。それに……偉そうに聞こえるかもしれないけど……ついていないと思ったときに、運命だの、親だの、他人《ひと》のせいしないで、まずは自分が何をしたか、何をしなかったか、考えてみて。

ま、ヤスミーナは自分でもわかっているでしょうけど、人はすぐに忘れるから、ときどき思い出さないとね」

「ダリヤったら！　何が言いたいの？　こんな最低な親を持ったのは、私が何かをしたりしなかったせいだとでも言うの？　それともこれが私の業？　前世で何か悪いことをしたからつけが回ってきたってこと？」

「違うよ！　被害者ぶってもしかたがないというだけ。誰の元に生まれるかはヤスミーナが決めることではない。だけど、これからどう生きてゆくかはあなた次第よ。つまり、全ては自分の努力にかかっている」

「努力？」

「そう。ま、勿論、運も良くないとね。あ、それに、あと、笑顔もね」

「笑顔？　一体何の関係あるの!?」

「ほらほら、そこが駄目なのよ！　そんな無愛想な顔すると、みんな逃げるわよ」

「ダリヤ、あなたは逃げてないわ」

「何処に逃げろというのよ、おい!?　唯一坐れたところはこの机でしょ。他に空いている席があれば、教室に入った最初からつんけんしたあなたの隣に居るもんか!?」

そう言いながら、ダリヤはげらげら笑っていた。不機嫌な私の真似をして、どんどん面白くなったみたい。最後には私も笑わずにいられなかった。

気が付くと、私のことを笑ったり、上から目線だったりするダリヤを、私はそのままに認めていた。彼女には変なパワーがあった――自分が「上」ということは当り前で、付いてくる人には惜しみなく何でも教える、何でもしてあげる性質《たち》だ。「上」とは言っても、不思議なことに、決して他人《ひと》を見下す傲慢さとは無縁だった。私だけではなく、大勢が喜んで付いていった。時としてそれは崇拝とも呼べる形をとっていた。そして、たまに彼女の取り巻きになっていない人がいても、ダリヤは普通に接していた。誰といわずみんなに好かれないと気が済まない人に特有の、必死に魅了しようとする努力は彼女のどこにもうかがえなかった。私だったら絶対に注意を引こうとすると思う。敵は嫌だけど、はっきりしないのはもっと苦手だから、こっちの味方にしようと少しは努力する。認めてもらいたいから。後になって経験と知恵が付いてくると、なぜダリヤがそうしなかったか、わかってきた――彼女はいちち他人に認めてもらわなくても、自分の価値を知っていた。他人の意見よりも自分が自分をどう見ているか。周りあっての自分ではなくて、周りがあってもなくても、ダリヤはダリヤ。いつもとほとんど変わらない個性。勿論、自閉症とは違うから、周りの人達と関係を持っているけれども、それによって自分の芯が揺れることはまずない。

私はダリヤ一人だけをこんなに近付けさせた。ダリヤはというと、大勢の仲間に囲まれていた。それも不思議はない——彼女はありのままの他人を受け入れている。悪口は言わない。他人の失敗を喜ばない。することなすこと、あまりにも一般の人と違うから、無理をしているに違いないと思っていた。「いい子ぶりっこに決まってるよ」と他のクラスメートも言っていた。正直なところ、何年間もそれが現れるのを待っていたのだ。しかし、どんなに演技上手かは知らないが、三十年はさすがにありえない。どういうわけか、ダリヤには人間くさいところがないようだ。ある日、私は我慢ができなくて、

「ダリヤは嫉妬したことある?」と尋ねてみた。

「しないね……。うん、しない」

「凄い! ダリヤは聖人」

「いや!」彼女は笑った「ダリヤはわがまま!」

「というのは?」

「というのは、私は基本的に自分にしか興味がない。他人をどうこういうより、自分に集中しているの。類《たぐい》まれなエゴイスト」

ヤスミーナは? と訊かれたらどうしようと思ったけど、ダリヤは話題を変えた。興味がないから尋ねなかったのか、私の答えは訊かなくてもわかっていたのか……?

知り合って数年はダリヤを研究した。友人のいない私は人間のことをあまり知らなかった。それで余計にダリヤという変わった人が謎だらけに見えていた。彼女の家族とその周辺の人達のことを知り、ある程度まで大人びている理由がわかった。ご両親はダリヤを小さいころから大人扱いした。そして詩人であるお母さんのところにはたくさんの芸術家や知識人が集まっていた。一種のサロンのような家だった。持ち合わせている才能はそういう環境でぐんぐん伸びた。知り会ったころ、ダリヤが私には宇宙人のように見えていた。ティーンエイジャーらしくない落ち着きと哲学的な人生観、あの年齢で持つようなものではないと思った。そうするとダリヤは人間ではない、あるいは年齢を偽っている——実は若く見える三十五歳だったりして——と、変に勘繰っていた。

ま、それは冗談で、本当に思ったわけではない。でも本当に理解できなかった。ダリヤとダリヤのお母さんの影響で詩を読むようになって、ロシアの女流詩人ツヴェターエワにはまってしまった。マリーナの作品とその生涯を調べたりして、長女のアリアドナのことを知ったら、グーンと胸に応えた——もう一人のダリヤがいた！　三歳で字を覚え、六歳で、子供が書いたとは信じられない文章を書いていた。やっぱり、いるんだ！　数十年おきに、数千キロおきに、特別な人間が生まれている。それを知ってダリヤがユニークでなくなったわけではなく、逆に現実味があって、より憧れる存在になった。いろいろ知って、なるほどと納得した。しかしそれでも謎の部分は残っていた。

今だに残っている。


いつも通り、第一番のお客さんは母だ。私の頬に軽くキスをして、

「おめでとう……。とは言っても、私が言われるべきよ。頑張ったのは私のほうなの！」

といつものことを言う。目は、相変わらず、飲み物が並んでいるテーブルを荒らしている。仕事の同僚、大学時代の友達、子供達の名付け親――今日来る人はみんな母の話を何度も聞かされている。最初は男女問わずルックスの一番いい人を狙って、「私の娘の健康のために飲みましょう！」と乾杯のために近付き、それから小さい声で内緒話を始める。今までの恋愛相手の話。――みんな、勿論のこと、彼女に首ったけだったわよ。そしてみんな飛び抜けていい男だったわけ。彼女のことを争っていたの。結婚している人は妻子を捨てたりしたのよ、あなた――私は、言うまでもなく恥ずかしいけど、うちのお客さんはもう母のお相手に慣れている。一人が疲れると、他の人が相手になってくれる。いつも九時前後になると、さすがの母も舌がもつれてくる。長年磨き上げた勘で父が現れる。娘の誕生会に顔を出す義務と眠くなった妻を連れ帰る義務を果たすちょうどいいタイミングに。母のために誰かを捨てたことも、誰かと戦ったこともない、物静かな地味な父。

ダリヤはドイツでもう個展を開いている。今の時間にはギャラリーはもう閉まっていて、関係者と夕食を共にしているでしょう。めでたし、めでたし！　でも、今日は私のパーティーに来られなくて、良かった。

彼女が同じ空間にいると、私は色あせた布のように見えてくる。存在感が薄くなるの。ダリヤと二人ならそれほど意識はしない。私が食い付く話題だと、話に集中して、相手がダリヤだということも意識しなくなる。主役は話題。だけど、周りにたくさんの人がいると、間違いなくダリヤが主役。みんなが彼女の意見を聞きたがる。そして、他の人が話すとき、大体は彼女に向かって話す。最初から最後までダリヤの目から視線を外さない人もいれば、ときどきちらっ、ちらっ、と他の人にも話し掛けたりして、それが一瞬で、すぐまた彼女に釘付けになる人もいる。私はと言えば、透明人間になった気分——言うまでもなく気に食わないけど、それを観察する変な楽しみもある。そのちらっちらっという瞬間に、話す人の顔の上に陰が落ちる。その瞬間、「これは駄目だ！　周りの人に失礼」と本人は自覚する。絶対にそうだ！　賭けてもいいぐらい自信を持って言える。集まっている人たちみんなを平等に扱わないと、そう思っても、その人は再びダリヤの目に溺れる。ダリヤ自身は、例によって一切努力をしていない。その人やほかの誰かを独り占めにしようなんて……。注意を引こうとしなくても、彼女はみんなの注意を引いている。いつでも、どこでも。私は逆に、アピールをしないと、そこにいたということにも気づかれない。

「こないだみんなで集まったとき、ダリヤに話したんだけど……」

「知ってるよ！　私もいた」

「えっ!?　ほんと？」

ということが何度もあった。私の存在感ってそんなに薄い!?　男にもてるもてない以前の問題よ！

異性に好かれることだって、人生においてはけっこう大切だ。「そんなのはどうでもいい」と言う人はたぶん嘘をついている！　若いときに物凄く大事なことで、気になっている男の子に気づいてもらおうものなら、もう有頂天！　親との関係よりも、学校の成績よりも、大事なことだ。

そして、年と共に優先順位が変わってきて、キャリアだの社会的位置だの、他の事を重視するようになる。一目惚れされなくても、それほど落ち込まない。それはされた方が嬉しいに決まっているけど、十代に比べれば確実に気に掛けなくなっている。ルックスに恵まれていない人だって、能力で認めてもらえれば十分。私だって、ブスではない。そこそこナンパされたりもしてきたし、今だってときどき誘われたりするんですもの。昔は外見に自信がなかったから、人一倍勉強して大学をトップクラスで卒業した。就職してからまた誰よりも頑張った。学校でも、職場でも私より成績のいい人がいたら、羨ましくて、悔しくて、猛烈に勉強して、とにかく一番にならないと気が済まない性質《たち》だ。それで大抵の人より目立つことになっている。

でも、ダリヤに対する「羨ましい」という気持ちは別格です。彼女が生まれつきで持っているものは、努力して上回れるものではない。それを持っているかいないか。彼女は持っている。私は持っていない。おしまい。大体の人は持っていない。その大体の人にとって、話はそこで終わる。ないものはしようがない。でも私は運悪く、失敗とか嫌な思いをいつまでも引きずる性格だ。そしてもっと運悪く、一番親しい友人ダリヤが、唯一私に劣等感を沸き起こさせる。そんな醜い気持ちを抱きながら、なぜ三十年近く仲良くしていられるのか、と思われるでしょう。

ダリヤは私のために色々してくれた。私がルックスに自信がなかった時、彼女は一所懸命に勇気づけてくれた。

「鏡ないの、あなた⁉　ほら見て！　あなたみたいな髪は他の人には見かけないよ！　そのボリューム！　ほら！　私の三つ編みはあなたの半分よ。シャンプーのコマーシャルに雇われるよ！　ついでに歯磨き粉の宣伝も、それにストッキング！　モデルさんを見てごらん。あなたみたいに長くて引きしまった脚をテレビの画面で見せている人はいないよ。羨ましくてしょうがないよ！　私もそんな脚があったら、ミニスカート以外ははかない。ズボンなんて、もったいない！」

思春期に入ってからにきびに悩まされた。好きな男の子もいなかったから見た目は気にしなかったが、ときどきあまりにも増えて、痛みもあったので、本当に苦労をした。母は私の顔を見るたびに「まー、ひどい！　またチョコレートを食べすぎたでしょう」と投げ捨てた。言うまでもなく、母を前にも増して避けるようになった。ダリヤのお母さんのお蔭で、意外と短い期間でにきびを治した。お友達に皮膚科の先生がいらして、何度かトリートメントしていただいた。そして、肌の状態が良くなり始めた頃に自分でもできるお手入れを教えて下さった。ダリヤのお母さんには大変感謝している――高価なブランドものの化粧品ではなく、自分の肌のタイプに合った、薬局で作るオーダー・メイドのクリームと化粧水を安価で入手し、結果は――みんなから羨ましがられるきめ細かい肌である。

ダリヤも頻繁に「きゃ～、羨ましい！」と言っていた。それでも私は嫉妬をしていた。「羨ましいな～、私もほしいな～」と明るく誉めそやす器の大きいところが私にはなくて、羨ましかった。そして、いくら脚の長さとか髪の美しさで私に及ばないと言っても、男はいつも彼女の方に夢中になっていた。

あの夏は生きている限り忘れられない。大学受験を終えて、二人でモンテネグロの海辺で二週間を過ごしたあの夏。ある日の午後、ダリヤはホテルの部屋に残って、私はひとりで泳ぎに行った。ビーチで感じの良い二人の大学生と知り合った。二人はとても紳士的で、ビキニを着ている私を見て目を光らせたが、無礼な真似は一切しなかった。友達と一緒に来ていると言ったら、彼らは、「夜はあそこのジャズ・バーで食事をする予定ですが、よかったら、お友達を連れて、合流して下さい」と誘ってくれた。彼らと数時間ビーチでお喋りしたり、泳いだりしてとても印象が良く（その上、一人はぴったり私のタイプだったし）、夜はダリヤも誘って行った。

彼らが坐っているテーブルに歩み寄るその途中から、後悔し始めた。というのは、彼らは二人ともダリヤに釘付けになっていたから。席に着いてすぐ、「じゃね！」と帰るわけにもゆかないから、苛立ちと落ち込みを辛うじて隠しながら一時間、居心地悪くそこにいた。もっとも、その嫌な気持ちを隠す努力はそんなにしなくてもよかった。私などいないかのように、彼らはずっとダリヤの注意を引こうとしていた。ダリヤが太陽で、彼らはひまわり、という構図。二人は引っ切り無しに彼女の顔の表情と動きを追っていた。私の不愉快さに気付いたのは、むしろダリヤで、早い段階で彼女はベオグラードに残した彼氏の話をして、これ以上近づくな！　というメッセージを彼らに送った。でも二人はそのまま、魔法にでもかけられたかのように、ダリヤから目を離さなかった。さながらサーカスの子犬の芸を見るようだった。きらきらのドレスを着た女性に躾けられて、後ろ脚でぴょんぴょん飛び跳ねているトイ・プードルといった光景。ダリヤの場合はきらきら輝くのは目だけれど、それは男性へ向けた特別な目付きではない。私は彼女と三十年近く親しく付き合っているけど、これほど科《しな》を作らない女性もいない。モンテネグロで知り合った二人の大学生に対しても、ダリヤは催眠術をかけたわけではなく、大体の女性のように誘惑をしたわけでもなく、いつものダリヤでいただけ……。にも拘《かかわ》らず、私が長い脚を組もうが、シャンプーのコマーシャルに出られそうな髪をいじろうが、二人の男はとうとう私に振り向くことはなかった。

その夜は、重苦しい雰囲気の中でホテルに戻った。ナポレオンがワーテルローの戦いで完敗したときは、多分似たような気持ちだったでしょう。大げさだと言われるかもしれないけど、私は物凄く落ち込んでいた。女性として魅力がないということを宣告された気分だった。ダリヤはそれを感じていた。だから、あのクラブの音楽についての軽い話をしても、私があまり乗らないとわかったとき、無理にお喋りに誘わないで、黙ったまま部屋に戻った。

私はそのとき、生まれて初めて何かに失敗したわけではない。辛い経験もほどほどしてきているのに、こんなことでへこたれるのはおかしい、と思われるかもしれない。しかし、それまで十九年間、失敗はあっても、それは主に勉強の方面だった。もっと真面目に勉強をしたら、私の右に出る人はいない。だから成績を落としても、それを直す方法を知って、いつも克服した。両親とうまくいかないことはしばしばあったし、辛い思いはしたけど、それは私の本質と関係ないことだった。母が酔って父にちょっかいを出し、喧嘩になっても、私とは関係ない。だから落ち込みはしなかった。悲しかった。悔しかった。だけど両親の喧嘩によって私が否定されたとは、一度も感じたことはない。あの日も、二人の大学生に出会って、最初は自信を持っていた。でもダリヤが現れた途端、彼らは二人とも私への興味を完全に失った。ダリヤが横取りしてそうなったわけではない。だから余計に辛かった。彼女が色目を使ったのなら、彼女に文句を言えば、いくらかはすっきりしたかもしれない。しかし、彼女は全く悪くなかった。つまりただ単に、雌の市場でこの雌（私）には価値がないという事実を突き付けられただけ。

この話には続きもある。次の日の午前、ビーチでまた二人のジャズ・ファンと出くわした。ダリヤは部屋でゆっくりしたいと言って、ホテルに残っていた。彼らに出会わない配慮だと思ったけれど、そんなことは訊けなかった。

彼らは充分な睡眠を取れてはいない様子だった。ダリヤは来ないと聞いた時、二人は明らかにがっかりした。そして《私のタイプ》の方は嘆き始めた。

「あ～あ、一晩中寝てないんだよ、僕は。あなたの美しい友達のせいなんだ。彼女を見た瞬間、雷に打たれた感じだったよ。あの目！　彼女みたいな神秘的美貌の持ち主を僕は見たことがない……」

そして延々と、ダリヤへ一目惚れしたことを繰り返していた。私は、彼の古い相棒でも妹でもないのよ。

初めてのことだったから、大きなショックだった。あとにも何度かあったけど、もうすっかり諦めた。ダリヤがいると、私は彼女の陰になる。私が気に入った男の中で、ダリヤを見てよだれをたらさなかったのは唯一うちの旦那……。多分それで彼と結婚したのでしょう。

初めて知り合ったとき、すぐにうちの人は言った。

「ダリヤは確かに美人だけど、どこか……この世のものではないところがあるから、近づきにくいよね。君の方がわかりやすくて、普通に付き合えるから好きだよ」

何と言えばいいかわからなかった。私を褒めているように思って、小さい声で「ありがとう」と呟いた。

でも私だって、どちらかと言えば、ファム・ファタールでいたかった。「あなたのせいで夜も眠れない、ご飯が喉を通らない」と言われたかった。おかしい！　今思い返すと、笑っちゃうね。でも当時は本気で悩んでいた。

そして家族と仕事で落ち着いてから、男という男を夢中にさせなくても、幸せな生活を送ることができるとわかった。いわゆる「幸せな生活」。夫とはときどき喧嘩をしている。子供たちに時々いらいらさせられる。両親の心配だって絶えないし……。でも……なんと言えばいいのかしら……「幸せですか?」と訊かれたら、少なくとも「不幸です」とは答えない。私が大切にしている分野でうまくいって、他人から「羨ましいなぁ」と言われたりもする。

でもその人達は本当の嫉妬を知らない。「羨ましいなぁ」と言える程度は大した問題ではない。深刻に嫉妬に悩む者はそんなに軽々しくは言えない。言おうと思っても、その大きくて、堅いこぶに喉が詰まってしまう。ダリヤと私も「いいなぁ、羨ましいなぁ」と言ったりはするけれど、それはいつも基本的にどうでもいいことである。

「あら嫌だ! 私がその色の服を着ると、顔が黄緑になる。熟してないレモンみたい」とか「やるねぇ! 羨ましいなぁ。私はそのシチュエーションでどう対応すべきかわからなかった」などとダリヤに言われても、大していい気分にはならない。それはみんな瑣末なことばかり。全存在として嫉妬を感じているのは私の方だけ。「ダリヤの目があったらいいなぁ」「ダリヤの絵の才能があったらいいなぁ」「ダリヤの落ち着きがあったらいいなぁ」ではなくて、「ダリヤだったらいいなぁ」なの。ダリヤの体と魂を飾っているものではなくて、ダリヤの芯、ダリヤをダリヤにしている全てが自分のものだったら……。言い換えれば、ダリヤとして生まれたかった。

あら嫌だ、あれに似ている! あの小説の主人公。ジュースキントの『香水――ある人殺しの物語』。自分には匂いがないから、殺した人から香水を作る変なおとこ。

神様！　このたわごとは一体どこからきているのですか⁉　私にはないその《なにか》がダリヤにあるからと言って、彼女を殺したいと思っているわけではない。確かに、彼女が生きている限り、私は不完全でいることを意識させられる。いいえ――彼女が死んでも、何も変わらない！　実は、逆効果になる――ダリヤが死んだとしたら、完璧に彼女の勝ちになる。彼女を超える人がいないから、しみ一つない綺麗な伝説として生き続ける。

あ～あ、嫌だ、嫌だ！　なぜこんな醜い考えを……。それよりも、片づけよう！　お皿洗い機のおかげで、トイレの掃除を済ませてシャワーを浴びたら、二時ごろはもう床に就けるでしょう。


思った通りのパーティーだった。

「まぁ、四十五歳だとは思えない！」

「あなたのカナッペは大統領主催のパーティーに出せるよ！」

「そのドレス、自分で作ったって⁉　まぁ、本当に……。やりますねぇ！」

でも、勿論、ダリヤの話が出ないはずがなかった。

「ダリヤは来ないの？　ドイツで個展？　すっごいわね、あの人！」

「そうね～！　この前のベオグラードの個展に私は行って来たの。あの評論家もいたわよ！　彼を覚えてる？　八年前に、彼女の最初の個展の評論を書いた人。あんなにダリヤを叩いたのに、今はすっかり飼いならされている！」

「俺はテレビで見たけど、大きな花束を渡して、にやにやしながらダリヤの手に口づけをしたあの男のこと？　あ、やっぱり彼。それでもね、あなた達女性はいいよねぇ――美しければ、大抵のドアが開いてくれるもの。俺ら男性陣ではそうはいかんからなぁ」

「何を言っているの⁉　ダリヤが美人だから作品が売れている訳じゃないのよ。才能がなければ、どんなに綺麗でも、芸術家としては認めてもらえないわ」

「でもね、ダリヤみたいに美貌も才能も持っていると、ひんしゅくを買うんじゃないか？特に女性に。僕は想像しただけで、寒気がする」

こんな調子で、私の誕生パーティーが、居もしないダリヤの一人芝居の舞台となる。まべつに、初めてのことでなし、それほど嫌な気持ちにはならない。もう慣れた。娘が私より若くて、何をしてもその関係が変わらないことと同じ。ダリヤは私より優れた人物で、何をしても、私が彼女の憧れの的にはならない。人生のキーポイントになること、どれを見ても、私はダリヤと交換したい。人生交換が可能だとして、ダリヤが私と交換したがることは考えられない。

まずは仕事から始めよう——私はエンジニアで、彼女は画家。十人に訊いてごらん、どっちになりたいか。みんなとは言わないが、過半数は画家を選ぶでしょう。画家に転向する前にダリヤがやっていた哲学の教師だって、エンジニアよりは魅力があるはず。そう言えば、ダリヤが学校の仕事をこなしながら芸大にも通って、試験を次から次へとクリアーしたときにも、私は彼女の勇気が羨ましかった。確かに、家族はダリヤにあらゆる協力をしていたけど、安定した職業を捨てて、ちゃんと食べていけるかどうかわからない芸術の道に進む決心は、全く無責任な人かよっぽど自信のある人にしか出来ない。私は密かに詩を書いていたころに、ダリヤ以外の人に言うことすら出来なかった。ましてや仕事を辞めて、文学一筋に進むなんて！

あ〜あ、詩か……。熱が出るほど恥ずかしい思い出。

ダリヤとダリヤのお母さんの影響で詩を読むようになって、彼女らの作品を読むたびに、「私にも出来る！」と思っていた。思ったと言うよりも、錯覚に陥っていた。簡単だったら、二人に一人が詩人でしょう！　ダリヤが休憩中やら授業中やらに詩を書いているのを見ると、私も書きたくなる。大学に通うようになってから、ダリヤに会う機会が少なくなったけど、会うたびに「あっ、詩を書かなくちゃ！」と思っていた。なんと馬鹿気ていたことか。詩人は努力によってなるものではなく、詩人として生まれてくるものだということに、私は当時気付けなかった……。ダリヤは、間違いなく才能があった。だけど、絵も描いて、詩も作って、哲学を専攻しているというのは、理科しかできない私には不公平に見えていた。そこで、詩を書いている同じ者として、彼女の作品を批評する資格があると思い込んでいた。「悪くない」とか「だれだれの新作を読んだけど、素人のダリヤの方がよっぽど上手」とか、したり顔で評していた。

彼女は逆に、私のどんなに下手な詩でも必ず褒めるところを見つけてくれていた。私は他《ひ》人《と》を褒めるのが苦手。ダリヤの作品がいいと思っても、必ず「素人にしては」と付け加えていた。「最近何か書いた？」と訊かれると、「ええ、書いたけど、とても他人に見せられるものじゃない。ごみよ、ごみ」と、さも完璧さを追求する大物かのように振る舞っていた。自分にも他人にも厳しい達人が中途半端なものは認めないというオーラを醸し出して……。自分の作品にけちをつければ、他人を批判することも許されると思って、ダリヤをことあるごとに「素人」呼ばわりしていた。

ある日のこと。ダリヤに「新しいものある？」と訊いたら、五つぐらいの作品を見せてくれた。例によって「ま、悪くないんじゃない。ここところが余計で、逆にこっちに言葉を一つ二つ足せば、バランスがより良くなる」などと偉そうにコメントをしたら、彼女は初めて言った。

「そう？　編集者は何も変えなかったけど。先月掲載したもの。ま、ヤスミーナがそう言うなら……」

ダリヤの目がいたずらっぽくなっていて、唇の左側が笑いをこらえるようぴくぴくしていた。

立場が一気に変わった。私は、勝手に上った高いところから、ズドンと落ちてしまった。知名度の決して低くない文芸雑誌がかなり長い間ダリヤの詩を掲載しているそうであった。なぜ一度も彼女の名前を見た事がないかと尋ねたら、

「ペンネームで出しているのよ。うちの名字は独特だから、すぐにあの有名な女流の娘だとばれるでしょ。母の力を借りないで、認められるかどうか知りたかったの」とダリヤは簡単に説明した。

私は取り敢えず「すごぉい！　おめでとぉう！」と言ったものの、誠実に、こころから喜んであげることは……、少なくとも自分を偽ってもしかたがないから言おう――素直にダリヤの成功を喜べなかった。それ以来私は詩を書いていない。

ダリヤは結局芸大を卒業しなかった。彼女はときどき自分のことを「出来損ない」と言ったりする。卒業しなかったから。でもそのときの口調と顔の表情は別のことを語っていた。

「このスカートの長さは私には似合わない」と同じ軽やかさ。似合わないのは似合わない、中退は中退、だけどそれは全て余計なもの。本質とは関係ないのだ。卒業する前にダリヤはもう注目を浴びていた。売れている画家とのグループ展に誘われて、作品もぼちぼち売れていた。卒業なんて単なる資格、人の能力を表すものではない。自分の人生で形にこだわってきた私は、中身に重点を置く人のことを羨ましく思わずにはいられない。

もう一つ、ダリヤが飛び抜けてついているのは結婚生活だ。私の旦那は決して悪い人ではないけど、教授に比べてはねぇ……。そして今のニコラ！　彼との出会いも宝くじが当たったも同然！

ダリヤが哲学部を卒業して、高校で教えていた頃、学生時代の教授に街でばったりと会った。教授はベオグラード大学中に美男の名を馳せていた人で、女子学生はほとんど例外なく彼に憧れていた。でも、教え子に手を出すような人ではなかったらしい。それが「元」学生となれば、話が違うから、ダリヤをカフェに誘った。数か月後に二人は結婚した。

ダリヤには教授が最適なパートナーだった。彼女は前にも増して落ち着いて、輝いていた。愛娘も生まれて、これ以上の幸せは望めないと思った矢先、教授は突然亡くなった。

皆が驚愕した。確かにダリヤより二十も年が上だったとはいえ、他界する年齢ではなかった。なにしろ、とても元気に見えていた。それが、いきなり……

私は初めてダリヤのことを可哀想に思った。いくら嫉妬をしたといっても、彼女に不幸が訪れることを願ってはいなかった。自分の能力に自信がないという悩みを見せてくれたら、私の届かないところからときどき降りてきてくれたら、それで十分。身内の死を望むなんて、私はそんな病める人間ではない。

不幸なときこそ友達が動かなければならない。そこで私と何人かの仲間がお葬式を手掛けた。ダリヤのご両親も出来る限りのことはしたものの、二人はもうお年で、病気がちだったし、基本的に全部私がやった。ダリヤは虚脱状態に陥って、私が神様だの運命だの、相手はだれだかわからないけど、酷く不公平なそいつを罵っても、彼女はほとんど反応しなかった。泣いている姿も見ていない。大騒ぎの意味がわからない三歳足らずの娘と大して変わらない様子で、彼女の精神状態がとても心配だった。

泣く事はなくても、物凄い衝撃を受けたには違いない。教授とあんなに仲が良かったんだから。泣かないからなおのこと。溜めて、溜めて、決して外に出さない、というのは体に良くない。実際ダリヤはみるみる痩せ細って、顔色が悪くなっていった。しかし、ダリヤはそれでも嫉妬心を沸き起こさせる女性である！　か弱い体に喪服をまとって、痩せて肌の白い顔には大きな黒い目がより大きく見え、なにしろ美しかった。古代ギリシャの悲劇の主人公そのもの。男という男はみんな「守ってあげたい」と思ったでしょう。未亡人を羨ましく思うのはおかしい。「交換しますか」と訊かれたら、そのような辛い経験はしたくないから「けっこうです」と答えるに決まっている。しかし、ダリヤでいたい。人生をそのまま認める、受け止める、どんなことが起きても動じない、嘆かない人間でいたい。

　教授をあんなに早く亡くしたことは確かに辛かったと思う。けれど、一般の子持ちの未亡人とはまったく違う輝かしい人生が、ダリヤを待ち受けていた。風習通り、彼女は一年間喪服を着続けて、仕事と子育てだけの地味な生活を送っていた。というより、喪服を脱いでもあまり他人《ひと》と会わない、娘に専念している高校の先生のままだった。だが、そのころから積極的に絵を描くようになった。趣味というのはダリヤのやり方ではない。芸大に入って専念し、卒業する前には名前が知られるようになった。高校教師を辞し、芸術一筋にしたのはミリヤーナちゃんが小学校に上がった頃。とても聞き分けのいい子で、七歳でお母さんを理解しくれていた。ダリヤの収入は安定しなくて、ときどきかなり質素に暮らしていたけど、ミリヤーナは決してわがままを言わない。「これ買って、あれ買って」とおねだりするのを私は見たことがない。ダリヤ母子を見ていると、うちの子供がどんなに甘やかされているか痛いほどわかる!

　フリーランスになって二年、彼女は大きな劇場の舞台美術のアシスタントとして勤めた。芸術と離れないで毎月そこそこのお給料が入る——ダリヤはとても満足していた。就職を契機に、社交界にも復帰した。勿論、以前のように——頻繁ではなく、その代わりに効果的に。大体の時間は自分の世界に閉じこもっていた。どう見てもその生活スタイルはダリヤの理想だった。会うたびに眼の輝きが増して、いよいよ綺麗になっていた。

その理由の一つは恋。面食いのダリヤったら！　今度は大分年下の美男子、売れっ子の俳優ニコラ・パニッチ。再婚してから既に十年だが、ダリヤとニコラも、ニコラとミリヤーナちゃんもとても仲が良く、周囲の憧れと嫉妬の的だ。だって、いい男を見つけることは決して楽なことではないでしょう。探しに探して、慎重に選んでも、一つ屋根の下で暮らしてみると、実はここが駄目あそこが駄目、あ～あ、もう、別れるか、となる。あるいは、色々なことに目をつぶって、何とか一緒に居続ける。普通の人はそうでしょう？　だけどダリヤは二人もの完璧な結婚相手に恵まれた。彼女は二人の優れた男性に愛され……、いや、崇拝されています！

ダリヤは愚痴をこぼさない、嘆かないと言ったけど、それはおかしい！　あんなにラッキーな人が、一体何を嘆くと言うの!?　好きなことを仕事にして周りからちやほやされ、イケメンの旦那を持って彼にもちやほやされている。ミリヤーナは美人で頭が良くて、もう手が掛からない（元々手が掛からない子だったが）、どこに連れて行ってもダリヤは娘を誇らしげに紹介する。（どこかの子供達と大違い！）

確かにダリヤは最近また少し痩せて、疲れたように見える。ご両親はもうすっかり弱ってきて、ダリヤは毎日彼らの家に立ち寄っている。それでも文句を言わないのがダリヤ！　そこでミリヤーナはお母さんの心配をして、休みを取ってどこかの温泉でも一週間ぐらい行って来たら、と提案したらしい。彼女が代わりにお爺ちゃんとお婆ちゃんの面倒をみるって。そこまで気が利く娘！　私なんか、

「ママ、疲れたんじゃない？」と訊かれた試しもない。

ダリヤって本当に幸せ者だなぁ……

……と思いながらヤスミーナはやっと眠りに落ちていきます。頑張りやさん、おやすみなさい！

ドイツのアルプスのふもとで、数時間前に床に就いたダリヤはホテルの部屋の天井をぼんやりと眺めています。あと二日でベオグラードに帰ります。

でも彼女は――

帰りたくない。

どこにも行きたくない。

生きたくない。

――ヤスミーナは知る由もない。

ダリヤも知っているわけではありません。でも間違いなく感じています。だから毎日の帰宅は足取りが重くて、重くて……

知っているのはあの二人とわたくしだけ。

この間見てしまいました。

ニコラが窓の外を覗き、慌てて言ったのです。

「ミリヤーナ、ママはもう玄関の前にいるよ！　早く服を着なさい！」

「あら、そうぉ？　ニコラこそ早く刀を鞘に戻した方がいいんじゃない⁉」

ミリヤーナはいたずらっぽく言い残し、豊かなヒップを揺らしながらシャワーの方に向かいました。

赤毛の女

「あたしよコーヒーを淹れて、すぐ行くから。凄いこと見たよ」

ビーバは相変わらず一息で言うことを全部言って、私に有無を言わさずに電話を切った。まったくもう！　あの人は幾つになってもマナーが良くならない。日曜日の午前中ぐらい、家族水入らずでゆっくり過ごしたいのに、あのわがままの相手をしなければならないのだ。「お前が悪い」と主人は言う。「あんなに遠慮しないやつに遠慮することないよ。来てほしくない時は『来るな！』と言うべきだ。あの人は遠回しの断りを理解出来ないんだから」それも本当だ……。「さっき起きたばかりで、まだパジャマだよ」と言っても《タイミングが良くないから今度にして》というメッセージが伝わると思ったら、とんでもない！「別にかまわないよ！　あたしのためにおめかししなくても結構です、ウフフ」と応える。本当にわからないのか、それともわからないふりをしているのか。四十年以上付き合っているのに、いまだに結論に至っていない。高校も卒業していない彼女に、数学の修士課程を出ている私が、なぜかいつも返す言葉がない。「キキは勉強し過ぎて脳みそがダメになっちゃったのよ！」といつも彼女に笑われる。しかも頑固に私のことを「キキ」と呼ぶ。両親と姉にしかその権利がないのに！　小さいころはともかく、中学生になってからも人前で「キキ」と呼ばれるのが嫌で、返事をしないことにした。「私の名はカタリーナ！　うちで練習しなさい！」と言っても、「わかった、わかった」と答えておきながら、また「キキィー」と、中休みに校庭に出ているみんなが振り向くように叫ぶ。結局私の方が折れて、「キキ」と呼ばれても「は〜い！」と返事をするようになった。

玄関のピンポンの音と同時にドアが開き、嵐のようにビーバが入って来た。下駄箱の上に置いてある水槽の金魚二匹がびっくりして右往左往、上へ下への大騒ぎを始める。

「すごいことを見た！　ニーナ、あんたの赤毛のニーナが、頭にターバンを巻いていた！」

目を大きく見開いて、私の反応を待っている。私はと言えば、片付けようとした古い新聞の束に抱きつき、ビーバという突風から私を守る盾のように持ち、ポカンとしていた。一週間夢見たのんびり過ごす日曜日は、どうも台無しのようだ。

息子は相変わらずお昼前に起きることはないから、主人とお喋りしながらベッドでコーヒーを飲んでいた。「芝生の手入れでもするか～」とうちの庭師が言って着替え始めたが、私はもう少しベッドに残って、本を読もうと思っていた。ノーベル文学賞受賞者のドリス・レッシングの『破壊者ベンの誕生』をやっと借りることが出来たから、読み始めるのが待ち切れなかった。

「ハリエットとデイウィッドは、会社が主催する新年パーティーで知り合いました」と第一文節の途中で電話が鳴った。

「あたしよコーヒーを淹れて、すぐ行くから。凄いこと見たよ」

ハァァ……

＊＊＊

ビーバ

ビーバはなぜ「ビーバ」と呼ばれるのか、多分誰も知らないだろう。本名は、確かヴェーリツァだったような気がする。それともヴェーラだったかしら？　本名で呼ばなくなって久しいから、もう忘れた。本人も他人《ひと》と知り合い、自己紹介する時に「はじめまして。ビーバです」と言っている。自分のあだ名の由来は唯一ビーバの知らないことだ。というか、唯一知らないとビーバが認めていることだ。物心の付く前のことだから、素直に「わからない」

と言っている。それ以外のこと（つまり、全て！）ビーバが知らないなんて、ありえない！確かに、記憶力は抜群だ。興味のあることを細かいディテールまで鮮明に覚えている。その才能を自慢するのもまた得意だ。

「日本人は《kei》ってスーパーコンピューターを作ったというけど、ここにはかなわない」

ビーバは曲げた人差し指で自分のこめかみを軽く叩き、目を光らせて言う。たまには鬱陶《うっとお》しいけど、基本的には憎めない性格だ。

ビーバは美容室をやっている。三十年来の大ベテラン美容師だ。もともと手先が器用な上に、何十年も同じことをしていれば、目隠ししてもできるようになるのかしら。わからない。私だったら駄目だけど。とにかく、あの人はペチャペチャと喋りながら、お客さんの頭も見ないでスタイリングして、それでもお客さんが満足して帰ることが普通なんだから、大したもんだと思う。私も二カ月に一度のペースで彼女のサロンに行くが、まあ、毎回感動する。お客さんと会話しながら、三人の見習いに指示を与え、頻繁に鳴る携帯電話を肩で挟んで、

（あっ、そうだ！　誕生日プレゼントにはヘッドセットをあげよう！）そこもどうも会話が成り立っている。しかもそのあいだ手はスムーズにはさみの種類を変えたり、ドライヤーを取ったり片付けたり、髪染めの具合をチェックしたりしている。脱帽！　しかし、それだけではない。ビーバのサロンは私達の小さな温泉町の中心にある歩行者天国に面していて、通

る人はみんなビーバに《スキャン》される。

「ね、見た？　イエーツァの旦那とあんたの近所に越して来た若いブロンドの奥さん、また一緒に市場から帰って行った」

「それで？　偶然市場で会って、たまたま一緒に帰るからって怪しむなんて……」

「今月だけで三回目よ。たまたまって言える？」

恐るべし！　月ごと、他人の行動を覚えている！

「ね、知ってた？　市長の息子、ベオグラードから帰るたびにミッキーのチンピラどもとごろついてる。おやじは立派なことを言って当選したけど、自分の家庭でさえマニフェスト通り運営できないんだから、町はどうなるのかしらね？」

「クリーンな政治」がモットーで、私も一票を入れた市長はこれでいいのかと思いながら、またまたビーバの観察力に感動する。アガサ・クリスティーのミス・マープルも顔負けだ！

感動はするものの、日曜日の午前中に突入されるのは困る。

当日曜日のビーバ
「ね、凄いこと聞いた！」と言っても、大概はどうでもいいようなうわさ話に過ぎない。誰が誰と会っていたとか、誰が誰に意味深い視線を送ったとか。ビーバの名誉のために言って置きたいのは、彼女が指摘したことは大体当たる。ビーバが怪しいと言った二人は、十中八九、あとでスキャンダルになる。しかしスキャンダルとはいえ、国の運命が変わるという話ではない。この田舎町でも一、二週間噂をすれば、忘れられる出来事に過ぎないのだ。私にとって痛くも痒くもないことは、特に日曜日の午前中には聴きたくない。「興味ない！」と言われたら普通の人は引くけど、ビーバは普通の人ではないのだ。マグロは泳ぎ回らないと死ぬと言われているが、見たことや思ったことを口にしないとビーバは死ぬんじゃないかと思う。しようがないな、と思っていつも聴いてあげることになる。

ビーバは玄関からスロットル全開だ。私はコーヒーを淹れながら「あ、そう？」「ま、すごい！」と言えば充分だ。彼女は溜まっているものを吐き出さなければならないだけのことだ。私の意見を求めている訳ではない。かといって、明らかに聞いていないと、「ねぇ！聞いてんの？」と厳しく言われる。

だけど今日、ビーバが、

「すごいことを見た！　ニーナ、あんたの赤毛のニーナが、頭にターバンを巻いていた！ターバンというかスカーフというか、ほら、アフリカの女性がやるように、完全に頭に覆いかぶさるように。でも中がスカスカだったの。あの人、髪はどうしたの？」と言った時に私は一瞬ポカンとして、

「はい？」と訊いた。

「ニーナ、ね？　あんたの同僚のニーナが」

ビーバは、頭の回転が残念な人、あるいはセルビア語があまりできない外国人に話しているかのように声を一段と上げて腕を大きく動かしていた。

「ニーナが、頭に」そこで自分の頭あたりで両手を回し、

「ターバンを巻いていた」。そして《なんか言うことないの？》という目で私を見た。

身振り手振りのビーバと理解に苦労している私のそんなやり取りの最中に夫が家に入って来た。

「ニーナがターバンを巻いていたって？　ま、それはそれはっ！　ブラウスと柄が合わなかったのかな？」

主人がおどけて言った。

「ふざけてる場合じゃない！　なんかあったに違いない！」

ビーバは私に対しても厳しいけど、男性には容赦がない。主人は笑いながら降参する動作をして言った。

「悪かった、悪かった！　ターバンは今流行《はや》ってないってことなの？」

「いい加減にして。ファッションの話をしているんじゃない」

私もちょっとイライラしてきた。夫はあらゆる面で私をサポートしてくれるのに、他人《ひと》の前では亭主関白の振りをして、おんなは服、メイク、レシピ、と言わんばかりにしている。

「ニーナはターバンを巻いたり、スカーフや帽子をかぶったりする人じゃない。だから私達は驚いているの。もしあなたの知っている男性、三十年もあご髭を生やしている男性がある日その髭を剃ったら、《あら、どうしたんだろう》と思わない？」

「あ、そういうことか……」

「そういうことなの。ニーナはあの綺麗な赤毛を隠さない人なの。ビーバは正しい——なにかがあったに違いない。そういえば、ここ何日かは連絡がないよね」

「あなた達、大げさだよ！　彼氏とでも別れて、髪を切ったんじゃない？　ほら、女性は失恋すると髪型を変えるって言うじゃないか」

恋人に捨てられて、髪をバサッと切ったり、全然違う色に染めたりする人は確かにいるけど、ニーナに限ってそれはないと断言できる。そう思って、口にしようとした瞬間に息を飲んだ。断言できる……かしら？　この四年間は親しくて、お互いに胸中を打ち明け合っているとはいえ、所詮他人ですもの。いいえ、問題は他人ということより、他人《ひと》の魂の奥の奥までわかるか、ということ。第一に、自分が、誰よりも良くわかるはずの自分が、次の瞬間に「これは絶対にする！」あるいは「こんなことは絶対にしない！」と言えるか？「あんなことを言う（《する》《しでかす》）とは思わなかった！　自分もびっくり……」なんて、誰でも経験しているはず。

ニーナが髪を切ることは想像できないが、失恋はありうる。あの関係は長続きするとは思えない。ましてやハッピーエンドなんか。

ニーナ

ニーナは私の小中高とも三歳年上の先輩で、四年前からは、同じ高校に教師としてやってきた。私は数学を教え、ニーナは心理学とスクールカウンセラーもやっている。

小さいころから、彼女のことは良く覚えている。この小さい町には赤毛の人はあまりいないから、一度見たら忘れられない。ちょっとでも赤毛だと充分目立つのに、ニーナの髪は特に美しい色だった。秋に紅葉が赤に変わる、あの濃い色だった。目が真青で肌は白い、なかなか印象的な人だ。彼女みたいに並外れたルックスの人はどうしても注意を引く。学校で、いじめまではいかなかったものの、人参《にんじん》呼ばわりはされたと言う。男の子はみんな髪の毛を引っ張ったり、黒板にそばかすだらけの似顔絵を描いたりしたけど、思春期に入ってからそれはコロッと変わり、学校で一番告白された女の子になった。そのころのニーナを鮮明に覚えている。スレンダーな身体《からだ》にあの類まれなウエストまで届く緩やかな波を打つ赤い髪。綺麗で、明るくて、彼女の周りはいつも賑やかだった。しかもニーナは卒業して、心理学部に合格した。この町では初めての心理学部の大学生。当時は心理学の人気が急上昇し、入試での競争率はすごいものだった。高校一年の私達女の子にはニーナこそが憧れの的だった。髪を赤に染めたり、心理学部を目指したりした女の子もたくさんいた。

神様がすべてを与えてくれたと思っていたが、男運が悪いと、彼女がベオグラードに行ってから聞いた。付き合っていた同級生は浪人したにも拘《かかわ》らずニーナを追ってベオグラードに行き、同棲した。間もなくニーナは妊娠し、長女を生んだと思ったらすぐ第二子を身ごもった。当時は彼女と親しくなかったから細かいことは知らないが、恋人がダメ男だとわかりながらも子供には父親が必要だということで、その男と結婚したそうだ。大学に復帰したのは次女の授乳が終わってからだったという。離婚も多分そのころだったと思う。時期は少しずれているかもしれないけど、とにかく結婚は長続きしなかったと本人が言う。

「最初から上手くいきっこないとわかっていた。いいヤツなんだけど、全くの役立たずですもの。私は二十歳で、彼を入れて、子供が三人。周り——それぞれの両親四人とも——がうるさくて、《結婚しろ、結婚しろ》と言うから断わり切れなかった。十九歳ではそんなに自分の意思を押し通す力がないでしょ。わからないけど……少なくとも私は諦めて《はい、はい》と言ってしぶしぶ彼と一緒に婚姻届けを出しに行ったのよ。案の定、彼は二年も経たないうちに出て行った」

ニーナがうちの学校に来て、親しくなった時に話してくれた。

「大変だったわね！　二人の幼児と大学の勉強、どうやってこなしたの？　しかし彼は酷《ひど》いわね！」

「いやいや、感謝してるの！　粗大ごみが家からなくなって、どんなにほっとしたことか！　最初のうちは心配して――勉強もしないし、仕事も探そうとしないから――精神的に参っているんだと思って、あの手この手で励ましたのよ。二人の赤ん坊を抱えて！　でも、悩んでいるんじゃなくて、ただ単に怠けているだけだとわかってから、誰か連れて行ってくれないかなとお祈りをするようになった。ルックスが良くて、女性の機嫌を取るのが上手だから、誰か騙されるだろうと期待してた。酷いな、私、ハッハ！　女を作って出て行った日にはパーティーを開きたかった！」

私もベオグラードの大学に入って、ある日、動物園の近くの公園で娘たちとアイスを食べているニーナを見かけたことがある。二人の子供を産んでもまだ細くて綺麗だった。髪はあい変わらず長くて人目を惹いていた。

「あの時、《ニーナは髪を切ってないわ、小さい子供、しかも二人、長い髪の手入れは大変だろうに》と思った」一緒に働くようになって私は彼女にそう言った。

「切らないわよ、何言ってるの⁉　髪を切ったら、私じゃなくなるもの。この髪があって一応綺麗な女性として通るんだから、切ったらとんでもないことになるのよ。顔は左右かなりずれているし、耳も鼻もこの小さい顔には大き過ぎる。髪はそれら全部をカバーしてくれているの。この髪は私の命なのよ。旧約のサムソンじゃないけど、髪を切ったら途端に力がなくなるわ」

ニーナは笑いながら話していたけど、「切らないわよ」の部分は真剣な、交渉の余地のない断言に聞こえた。

この話は私達の距離がグーンと縮まった時にしたものだ。彼女がこの町に帰って来た当初も私は同じことを思った。

「ニーナはすごいね、ちっとも変わらない。もうすぐ五十のはずだけど、スタイルもいいし、髪は相変わらずつやつやで長い」

近付いて見ると、なるほど五十年サービスしている肌ね、とわかる。二十五歳の女性とは間違えられない。彼女も普通に年を取ってきている……。年は重ねているけれど、昔とそうは変わらないスタイル、そしてなんと言っても、あのゴージャスな髪が未だにニーナを若々しくて魅力的な女にしている。

ニーナは卒業してからあるベオグラードの高校でしばらく教えたあとでカウンセラーに転

職した。そして四年前に、老いたお父さんの面倒をみようとこの町に帰って来た。お嬢さんたちはもうとっくに自立し、一人は三人のママにもなって、ニーナがベオグラードにいなければいけない理由もなく、お父さんの健康が芳しくない事とうちの高校で心理学の先生の募集があった事が重なり、帰ることにしたと言う。

ニーナの帰郷は数週間町の主な話題だった。故郷なのに、ニーナを知っている人はそんなに多くなかった。私達やその上の世代だと、就職やら結婚やらで出て行った人もいれば、あの世へ行った人もいる。町の大部分は後から生まれた人か他所《よそ》から越して来た人たちだから、あの、新しい人が現れた時の、慌ただしさと好奇心が町を蜂の巣に変えた。

「何者？」

「ここが生まれ故郷だって？」

「ベオグラードをこの田舎のために捨てるなんて、何かトラブルを起こしたに違いない！」

「バツイチだって。離婚してもう三十年だというのに再婚もしていない。きっと性格が悪いのよ」

「若作りして、実は結構いい年齢よ。あの年にあの髪はないでしょう！」……

これは主に女性のコメントだった。同じ年齢の人はもうとっくにおばさんになっていて、若い女性もニーナほど男の目を引く人は少なかった。誰よりも情報を持っていたのは、他でもなく、もちろんのこと、ビーバだった。誤解のないよう言っておくが、ビーバは他人の名誉を傷つける人ではない。より多くを知っている事に誇りを持ち、情報には《科学的》裏付けがあるという事が、ビーバのなによりの喜びだ。誰もが初耳の事を発表し、後にそれが正しかったことが判明すると、

「ほら、言ったでしょう？　日本の《kei》よりあんたらのビーバだよ！」と満面の笑みで言う。

ビーバは《近所のおばさんの隣町に住んでいる従妹の姑の、結婚した当時の仲人さん》といった情報源が広める噂話にはピクッともしない。ビーバは基本的に自分の目しか信じない人だ。ときに、噂話の登場人物の家族から入手したことは口にする。そのときには必ず、

「これは私が自分の目で見たわけじゃないけどね」と断りを入れて言う。

ビーバはニーナと直接は知り合っていないものの、時々ニーナのお父さんの家に行って足が悪い老人の散髪をしてあげる。そんなある日、うちに来て、私がコーヒーを淹れたら、ビーバは目を光らせて言った。

「ね、すごいこと聞いた！　ニーナ、赤毛のニーナがおばあちゃんになった！」

「あらま、まだ四十ちょっとのはずなのに。どこで聞いたの？」

「ニーナのお父さんの散髪にいったら、《今回は特に丁寧にお願いします》と言うの。《おや

おや、デートですか？》と冗談言ったら、《そんな！　ひ孫が生まれたんだ。ベオグラードに見に行くんだ》って。《ひ孫というのは……お父さん、まさか、それってもしかして、ニーナの孫ですか》と訊いたら、《そうだよ。ニーナの長女も結婚が早くて、赤ちゃんもまたすぐにできたんだ。そこはニーナに似てしまった。だけどニーナと違ってちゃんとした相手を選んで結婚した》。《あらま、お父さん、ニーナは離婚したままなの？　その後はいい人に恵まれなかったの？》と訊いたら、《そうだよ。旦那もそうだったけど、後で知り合った人も皆ろくでなしばっかり。あいつは本当に男運が悪いんだ……》」

このエピソードはニーナが町に帰る数年前のことだったが、彼女が私の同僚そして友人になってから、ビーバは何一つ作り話をしていなかったと判明した。ニーナは見事に男運が悪かった。

神様はニーナに美貌と知性を与え、そして《あら、嫌だ！　この子は完璧にでき過ぎちゃった！》と、生まれる前のニーナに嫉妬し、人生で苦労も味わうよう本当の愛には簡単に出会わせないようにした。そうでなければ、ベルトコンベヤーに乗ったように次々とニーナの人生に現れる出来損ないの男の説明がつかない。

まずはご主人。離婚した妻の言うことは別にして、嘘が何の利益にもならないビーバの情報によると、ニーナが話した通りの役立たずのようだ。

離婚して数年経って、出会ったのは、前のご主人より大分年が上で、ちゃんと仕事をしている、いわゆる《まともな》人だった。しかしそううまくはいかなかった。初めのころは、女手一つで育ててくれたお母さんをとても大事にしているように見えていただけだったが、時間と共にとんでもないマザコンだということが明らかになった。「ママがこう」、「ママがああ」という調子で、デートするたびに「ママ」がどんなに苦労をしてきたか、彼は「ママ」にどんなに感謝をしているか、という話がどんどん長くなっていった。二人の関係に止めを刺したのは「ママ」の赤毛の女性嫌いだ。ニーナは又もや感謝をした。

しばらくの間、まともな男は絶滅したのではないかと思っていたそうだ。「神様、なぜ私はこんな運命なのですか」、「神様、誰かちゃんとした男を送って下さい」などが、無神論者にも拘《かかわ》らずニーナの口癖になった。そしてある日、(存在しないはずの!)神様がとても素敵な男性を送ってくれた。ルックスに知性、その人はニーナにふさわしい相手だった。しかしその人もニーナのように創造主に嫉妬され、不幸なところをきちんと与えられていた。そのミランという人(私も二、三度見たことがある)は敬虔なキリスト教徒だった。神様の素晴らしさと世の調和を壊そうとする悪魔憎さの気持ちとが常に葛藤していた。周囲の醜さに怒った時に、人間を救うために唯一の息子を犠牲にした神様の限りなき力と愛を、一瞬とはいえ、信じなかったという罪悪感で落ち込む人だ。落ち込むこと自体も罪となるから、そこで更に落ち込み、自虐的になったり情熱的な懺悔をしたりする。しかし何よりミランを苦しめていたのは、ニーナへの気持ちだった。ニーナ曰く、二人はベッドで完璧にマッチしたそうだ。彼ほど興奮させてくれた相手はいなかった、と。二人は手をつないだだけで、体中が震えるほどお互いを求めていた。彼に抱かれると何時間も我を忘れる、と言う。けれど床を離れた途端、ミランの苦しみが始まるのだった。キリスト教の教義から見ると、彼らの関係はふしだらだった。肉体的な快楽を求めて男女が睦み合う事はあるまじき行為だ！ニーナがミランの信仰を分かち合わないなら、彼にふさわしい女性ではない、とミランは悩んでいた。彼は修道士ではないから、結婚して神様が与えてくれるだけの子供を持たなければならない。性的行為はそのために行うものだ。楽しむために楽しむなんて、重大な罪だ！

「なぜきみはそんなに頑固なんだ!? なぜ神様の前でこころを閉ざしているの？ このまじゃ永遠の命を得ることができないのがわからないのかい!?」

そう言われてニーナは返す言葉がなかった。服を着ながら、現実に戻りながら、いつも痛々しさたっぷりの声でそうニーナに問いかけていた。最初に訊かれた時にニーナは答えた。

「ないものはしようがない。こころの扉を目いっぱい開けても、何も入って来なかったわ。私の頑固さは無信仰と何の関係もないのよ。ミランが信じている神様も、私は存在しないと思っているだけ」

ミランはニーナの無神論を受け入れることが、どうも、できなかったようだ。彼は会うたびにその話を持ちかけ、ニーナは最初に伝えた事に足すことも引くこともなかったから、二人の溝はどんどん広がっていった。ベッドでうまくいっているからなかなか別れられなくて、互いに不満を持ちながらも、必死に相手のからだにしがみ付いていた。

ミランは、ずばり言うと、セックスを最高に楽しむ人だった。なのに、その自分の側面を一所懸命に押し殺そうとし、自分全体がピュア・スピリットであるように自分自身と周りの人に証明しようとした――その無意味な戦いにニーナは疲れてきて、お父さんに介護が必要だという都合のいい理由で、ミランと別れてベオグラードを後にした。

ニーナがうちの学校で働くようになり、一か月余り経ったある日、彼女と二人で帰ろうとした時に、見覚えのない男性がニーナに声をかけ、私に「失礼します」と言って、ニーナの腕を掴んで公園のベンチに連れて行った。どうみてもニーナの知っている人物で、私が守らなければいけない状況ではなかったが、雰囲気はかなり悪かった。

そのころは、まだニーナの私生活をあまり知らなかった。次の日学校で会った時、あの方はどなた？　と訊きたかったけど、ニーナが前日のエピソードに一切触れなかったから、言い出せなかった。しかしその日もその翌日も、その男性は校庭の外で待っていた。ニーナの授業が何時に終わるか知らなかったようで、授業中に何度か外を見たら、彼はずっと待っていた。背が高くて細い人だった。顔立ちはとても良かったが、眉間に皺を寄せた目付きには厳しい、他人を寄せ付けない何かがあった。

「ニーナ、あの男性がまた来てるわよ……」

「ハ〜……。知ってるわ」

それでミランという人との事、一部始終を教えてもらった。ニーナにとってその関係は《終わった》。一方ミランにとってのそれは《行き詰まり》だった。ニーナと一緒にいるとあの世の永遠の命を手に入れられない。しかしニーナがいないとこの世で生きていけない。自分自身どうすればいいかわからないし、神様も黙っている。可愛そうなニーナ……本当に男運が悪い。このミランは精神性の高い、一般の人の手が届かない領域にいる人のように見えるが、所詮優柔不断な男だ。自分の人生の選択なのに、結果の責任を回避して、他人《ひと》に決定を委ね、うまくいかなければその人のせいにする。

アレクサンダー大王やナポレオン並の男性はもう生まれて来ないのかしら……？

ニーナは、ミランが必要としている女性は絶対に現れる、ミランと同じ事を求め、同じ事に喜びを覚えるその女性が、絶対にミランを幸せにする。そう説得して、何とかドラマを終わらせた。

次の一年は穏やかだった。ニーナのお父さんは、誰かが傍にいないとだめだったとはいえ、身の回りの事は自分でできていた。ニーナはベオグラードから友人も娘さんや孫もちょくちょく遊びに来ていたので、付き合う人がいなくても充実はしていると言っていた。もっとも、たまには「恋がしたい」と、ボソッと言ったりした。

「恋？　懲りてないね、ウフフ」

「ちゃんとした恋がしたい。何人かと関係は持ったものの、あれは何だったんだろうね……。例えば、ミランはこの私とではなく、私が頑張って彼の願い通りに変わるかもしれない《ニーナ像》と恋に落ちていた。元の主人は日常生活が不器用で、先導して処理する人を必要とし、それがたまたま私だった。《妻役》、《彼女役》にたまたま私がフィットする。そんなのはもう結構！　一度でいいから、ありのままの私を、条件無しで愛されたい。ちょっとの間でいいから、誰かの女神になりたい！　おかしい？　幼稚？」

不思議——十五年もカウンセラーの仕事をしてきたニーナはたくさんの人を助けてきたのに、自分のこととなると迷子になった少女のようにみえる。

「どうかしら……。ニーナも前に言ったように、人は年を取っても、魂は若いままね。だから十七歳の女の子みたいな夢を見てもおかしくはないと思う。それよりおかしなことは、ニーナが未だに誰かのミューズになっていないこと。大して綺麗とは思えないガラに、エリユアールとダリが取りつかれて、詩だの絵だの、彼女に捧げられた作品は数えきれない」

「いや〜、ガラは天才！　おとこを狂わせる天才よ。確かに美人とは思えないけど、何か秘密を持っていたのよ。私はガラみたいに芸術を動かさなくてもいい——才能ある人に愛され、その上に一枚の絵あるいは一つの詩が私の死後も存在し続けるなら、悔いなくあの世へ行けるわ。そうね……そういう恋ができたらいいな〜。人はみんな、芸術的な才能のある人もない人も、永遠に生きることを目指している。神様を信じる人は不死の問題を解決したけど、無神論者の私が私の子供や孫よりも長生きする方法は、芸術の力を借りるしかないと思う。私自身は歴史に残る何かを作ることなど出来ないから、そういう形で跡を残せたらなぁ……」

ニーナの愛されて、芸術作品を捧げてもらいたいという願いは中途半端なものではなかったようだ。人が何かを強く願う時に（宇宙と呼ぶ人もいれば、神様と言う人もいるけど）宇宙が動き出し、その願いを叶えるのに全力を尽くすという説がある。今まで何回も聞いたことがあるけれど、いつも、ホントカイナ、と思った。そううまくいくようだったら、誰も苦労しない。

しかし、ニーナと芸術云々の話をして半年ぐらい経ったら、うちの学校に新しい数学の先生が来た。教師としてのスキルがどんなものだかわかる前に、気に入った女性に対する振る舞いを知ることになった。とにかく、手が早い！　校長先生が職員室で彼を初日に紹介している時ニーナが入って来た。校長先生の隣に立っていた彼は、入り口から椅子の方に歩いて行くニーナをずっと目で追った。その日からニーナの近くにいたり、話し掛けたり、休憩中にコーヒーに誘ったりした。彼もバツイチで、しかも娘さんが二人いたから、そこでもニーナと話が通じた。しばらくすると、ニーナも満更でもない様子を見せ始めた。

彼が町、そしてうちの学校に来て一か月経ったある日のことだ。

ビーバがいつものスタイルで電話を掛けてきた。

「あたしよあと一時間で終わるから、コーヒーを淹れて待ってて。凄いこと見た」

一時間後、ベルも押さないで入って来て、靴を脱ぎながらもう話を始めていた。

「ね、ニーナ、あんたの赤毛のニーナ。あの新しい数学の先生と二時間以上もカフェにいた！　あすこだよ、ほら、名前何だったっけ、『ゴル……ゴル……ゴルゴンゾーラ』――」

「もういい加減に覚えなさい！　『ゴルゴナ』だよ」

「何でもいい！　うちのサロンから丸見え。二人はそこでいい雰囲気だったよ！」

その頃、もう一人のニーナが町の注目を浴びていた。金髪のボブのニーナはA社の経理担当で、会社の銀行口座から多額のお金が無くなっている、という噂が流れた。

ビーバは金髪のボブのニーナの無実を訴えた。

「ありえないよ！　みんなが言うように横領してたら、高いジュエリーとかグッチやプラダ、ルイヴィトンなんかのハンドバッグとか、何かアッと言わせる物を身に着けるよ、女性なんだもん。でもニーナは全然変わってない。この目で見てるもん！」

確かに、ビーバの目は間違えない。数週間後、警察官がぞろぞろとA社に入って、手錠を掛けられた副社長を連れ出した時に、金髪のニーナの疑惑は晴れた。それ以降金髪のニーナはビーバと私の話にあまり登場することもなく、髪の色で区別する必要もなくなったが、私の同僚のニーナはなぜか《赤毛のニーナ》として確定された。

さっきの話に戻ると、ニーナと数学の先生が『ゴルゴナ』に入って行くのを自分のサロンから見たビーバは落ち着かなくなって、「たばこ買って来る」と言って、キオスクに出かけた。（お客さんと見習いの少女の顔を想像するとおかしくてたまらない！　もっとも、誰も驚かなかったかもしれない。《ビーバったら……！》と言って、そのまま待っていたでしょう）。キオスクでたばこを買いながらカフェの中を覗いたそうだ。ニーナは頭を右肩に傾け、モナリザの微笑を浮かべてネックレスをそっといじりながら彼の話を聴いていた。彼はというと、彼女が《いいよ！》と言いさえすれば、彼女の足のつま先から頭のてっぺんまで一ミリたりとも残さずに口づけで覆ったでしょう。《いい収穫だ！》とビーバは喜び、サロンにまた戻った。しかし、二時間経っても二人は帰らないから、どうなっているか知りたくて、また落ち着かなくなり、「何か甘いもの食べたくなっちゃった。ちょっと買って来るわ」と言って、お財布だけ取って、火の付いたたばこを指の間に挟んだまま出て行った。

近くにケーキ屋もあるのに、ビーバは（あのひとは本当に、まぁ！……）『ゴルゴナ』に行って、

「適当に十人分のケーキを詰めて頂戴」と頼んで、興味なさそうにカフェを見回した。お客さんは数名いたが、ビーバは一番興味なさそうな視線をニーナと数学の先生に止めた。数秒。数秒その①——退屈そうな視線逸らし——数秒その②——退屈そうな視線逸らし。それで充分。絶え間なく何かを喋る数学の先生にニーナは惚れ惚れ、という評決が下された。ご機嫌なビーバはお勘定を済ませ、サロンでお客さんと見習いの女の子にケーキを配り、私に電話をした。

「あたしよあと一時間で終わるから、コーヒーを淹れて待ってて。凄いこと見た」

その話を聴いた次の日にニーナからも電話がかかってきた。

「暇？　うちでコーヒー飲まない？　話したいことがあるの」

ニーナがドアを開けてくれた途端に、私は思わず言った。

「本当だ！　惚れてるぅ！」

「あっ！　ビーバ通信社でしょう？　とても興味なさそうに彼と私を検分してた。気付い

てたと伝えておいてね」

微かに照れているニーナから、私達の同僚は数学の他にもう一つの才能があると知った──彼は詩も書いているそうだ。

「今の若者だったらきっと《やばい！》と言うでしょう。彼が『もし良かったら僕の書いた詩を聞かせたいのですが』と言った時に、この間の話を思い出して、《まさか本当に芸術家に出会うなんて！》と思ったのよ。まずは有名な詩人の作品を朗読してくれて──物凄い数の詩を暗記してるの──そして少し遠慮がちに自分の詩を朗読してくれたわ。私は専門家ではないからどれぐらい高い評価を受けそうなものかはわからないけど、何だか……不思議な力のある詩だった。頭というよりも、耳と《お腹》──そう、特に《お腹》──で感じるものなの。何と言えばいいのかな……墨絵が音楽で表現されているような、前世からヴェールを一枚ずつ剥がしているような……不思議な感じ」

ワケのワカラナイことを言う夢心地のニーナの言葉を聞いて思った。

《ウーン……詩は素晴らしいものかもしれないけど、過剰な摂取は良くないかも》

「でもね」ニーナは我に返って慌てて言った。

「誰にも言っちゃ駄目よ！　彼はいくつかの文芸雑誌で発表しているけどペンネームで出していて、お母さんと思春期の娘たちに知られたくないって。普段、生徒さん──ましてや家族の前で——口にしない大胆な表現と自由なイメージを使っている場合があるから」

その時ニーナが見せてくれたタイプライター（うん、シブイ！）で書かれた詩は確かに私もいいと思った。紙の右上の部分に「美しさに敏感なニーナへ」と手で書いてあった。

「まぁ、えらく謙虚だね！　自分の作ったものは《美しい》と疑わないみたい」

「ウフフ、確かに、うぬぼれたところがあるわね。でも芸術家はみんなナルシストだよ」

そこはニーナの専門だから、心配はしなかった。ナルシストだろうが、サド・マゾだろうが、ニーナは対応出来る。しかし、凄いな〜、芸術家と恋したいと希ったニーナは、芸術を《配達》された！　これで愛されて、しかも詩か詩集を捧げてもらえるでしょう。ニーナはそれにふさわしい価値ある女性だ。「女神」と言ったら、私は昔から真っ先に彼女みたいな女を想像していた。

ところが……。二か月近く経ったある日、ニーナと学校の休憩中に軽食して、「ね、彼とはうまくいっている？　詩は書いてもらってるの？」と、生き生きとした「はい！」の返事を期待して訊ねたら、彼女は、

「ま、ね……」と少々ためらって答えた。

一瞬どこかしらぼんやり見ていると思ったら、急にグ〜と私の顔に近付いて少し声を落として言った。

「ペニスがね、勃起の後で少しずつ引く様子は知ってるでしょう？　最後には小さくて、シワシワになって終わり」

　私は驚いてむせた。あまりにも思いがけないこと、しかも学校で、普段そんな《解剖学的《アナトミー》》詳細を話題にしないニーナがはっきりと、どうってことなさそうに言うから。カフェテリアを見回して私は答えた。

「はい、知っています。それがどうかしましたか？」

「それが彼なの。決して彼の道具の話じゃなくてね、まさに彼自身がそういう感じ。最初の一カ月半は物凄く情熱的だった。最高の一カ月半だった。こんなに愛し愛されたことはない。だけどここ二週間、彼はどうも変。一日何通ものメール、何回もの電話、『あなた無しで生きていられない』エトセトラ――それがみ～んなほとんどこなくなったの。『どうしたの？』と訊くと、『別に、なんでもない』とよそよそしいし、『ついこの間まで燃えていたのに』と言うと、『お前、一生噴火する火山がいいかい？』と怒りっぽく聞き返す。私も、もちろん、ティーンエイジャーじゃないから、それは無理だとわかるし、そもそも十年も二十年も燃えることを望んではいないのよ。なにしろ、心臓に悪い、ウフフ……。しかしたった一カ月半というのはどういうこと？　経験したこともないし、聞いたことすらない」

　私は何と言えばいいかわからなかった。友達として、こういう時には慰めるべきだろうけど、ニーナは慰めを必要としていなかった。普通に聴いてあげることにした。

「確かに、彼は最近元気がないな、と気になってたけど、それはニーナが疲れさせてるからだと思った、ハッハハ……。で、どうするの？」

「スパッと別れるのが一番利口だと思う。こういうタイプの人は熱しやすく冷めやすいから、頑張って長続きさせようとしても、基本的には何の効果もない。だけどさぁ……『一か月半の関係を持った』と他人《ひと》に言えないじゃない。何だか……こっちが大人気ないような気がして。ま、これといったことはしなくても、自然消滅するタイプのラブストーリー。彼は今鬱《うつ》に近い状態で、誰か新しい対象が現れたら、また燃え始めるでしょ。その時に、私はそっと降りるわ。その方が、今喧嘩別れするよりいいと思う」

「さすが専門家！　だけど、肝心な詩は書いてもらった？」

ニーナは苦笑いをして、ため息を付いた。

「詩は……いくつか書いてもらったけど、ええ……それは確実に歴史に残る作品ではあり・マセン。なにしろ、出版することはあり得ない——あまりにも《下》過ぎて。親しい女友達にも恥ずかしくて見せられないぐらい。でも……あの程度のものを作っている人は才能がないのか、それともミューズに問題があるのか？　彼のせいではないのかもしれない。もしかして、私が充分彼を鼓舞することのできない女なのかもしれないし……」

「それだけは絶対にありえない！　彼が無能な詩人なのに決まってる！」

お世辞ではなく、本当にそう思った。

それからの二人の関係はニーナのシナリオ通りに発展していった。

数か月後、うちの学校の職員はガラッと入れ変わり、定年退職した先生の代わりに五人もの若い教師が入った。その中でも、サンドラという英語の先生がひときわ目立っていた。若いとはいえ三十は超えていて、他の学校で教師の経験はもう積んでいた。その上、若手翻訳家として文学の世界では名前が知られていて、一瞬のうちに学校のスターになった。サンドラ自身は少しも気取らない性格で、そのせいでもっとみんなに好かれた。決して美人とはいえないが、自信満々で明るいところが間違いなく人を引き付ける。男性ばかりでなく、私達年上の女性も喜んで彼女と接している。そのころどんどん暗くなっていた数学の先生も――ニーナの予言通り――サンドラがいるとニコニコしたり、みんなの話に参加するようになった。そのうちサンドラと二人きりで話す機会が増え、その度にニーナが私と目を合わせて、《ほら、言ったでしょう》というメッセージを送ってくれた。私は再び《さすが、専門家だ！》と感動した。

ニーナと週末会うことは、彼女の《暇だったらうちでコーヒー飲まない？》という電話がきっかけで、それからはちょっとしたお菓子を持ってお邪魔をすることが定番になった。冬

に差し掛かったある金曜日の夕方は、電話がかかってきて、

「コーヒーを飲みにお邪魔していいかしら?」とニーナが申し訳なさそうに訊ねた。

「もちろん、いいよ!」と私は明るく答えた。

《どうしたの!?》と電話で聞くのはやめた。今日学校で会った時はいつもの元気なニーナだったから、何かがその後で起きたとしか思えない。

ニーナがケーキを買って来てくれて、私が箱から出している間ニーナも自分の包装を取っていた。コートを脱ぎ、何回も巻いた長いマフラーをほどき、髪を整えた。あの豪華な髪。

彼女は何の飾りもいらない——イヤリングも、ネックレスも、おしゃれな帽子も——顔の周りと背中に沿って流れるあの髪だけでニーナは女王様。私がコーヒーを淹れてリビングに戻ったとき、ニーナは寒そうに指を息で温めていた。

私は、

「今日はうんと寒くなってきたね——」とカップをテーブルに置きながら言った。

ニーナは三流の田舎芝居のような、大げさに悲しそうな顔を作り、

「こころの中が……もっと寒い!……」と言い、笑い出した。そして酔っぱらった結婚披露宴の、性質《たち》の悪い客の演技に切り変え、

「何だ、そのコーヒー!? 酒を出せ、酒!」

とお腹の底から叫んだと思ったら、急に坐って、良いお宅のお嬢さんのように膝の上で優雅に手を重ねて可愛い顔をして、思いがけない台詞を発した。

「コンチクショー！　飲まないとやってられないぞ！」

それからいつものニーナに戻り、安心させてくれた。

「心配しないで――多重人格の発作でもなく、情緒不安定になったわけでもない。ちょっとした独り芝居でお騒がせ、失礼しました。でもお酒がほしいのは本当よ」

アルコール度数のきついサワーチェリーのリキュールを一杯目はぐいっと飲み干し、二杯目をゆっくり飲み始めて、ニーナは言った。

「私達はあの詩人の才能を侮《あなど》っていた。これを読んで」

差し出された紙には、手書きでかなり長い詩が認《したた》められていた。

銀の天使の悲鳴

私の砂時計はぴったり五秒遅れている
でもその五秒はあなたに気付かれない
私も長年あなたに気付かれていないように。

私はあなたの海にある砂の一粒に過ぎないような気がする。
潮の干満とさしひきが私を海岸で転がし、
そして再び海底に戻したりする。
あなたは、満月のように私を照らしている。だけどあなたはいつもあの見えない、
暗くて神秘的な側面しか見せてくれない。それこそ、あなたである。
私は空しくあなたの窓を開ける。
私は空しくあなたの数えきれないほどの辞書を開く。
文字を探している――
あなたがその愛おしい眼差しで触れたたった一つの文字を。
その文字が入っている言葉はあなたに飲み込まれ、
あなたの思想を横切り、違う言葉にくっ付き、あなたの記憶の大洋に残った。
あなたが夢見る、愛する、熱望する、自分を探す十か国語の大洋に残った。
あなたが一度、
たった一度でいいから、私を見てくれたなら、
私を見て、そしてあなたの翻訳と共に私をも訳してくれたなら、
私の人生はどんなに違っていたでしょうか！

私の愛おしいひとよ！
あなたが数えきれないほどの本を訳し、これといった言葉を探して長くて波打つ髪に神経質な指を通している夜、私はあなたを見て、「愛おしいひとよ」と呼びかける。私は囁き震える、その神経質な指に絡む、あなたの鉛筆は落ちる。私はそばにいて、あなたの髪を撫で、額に触れる。
あなたはというと、心ここにあらず。
私は愛して待っている。この貞淑なあなたのしもべはいつまで待てばいいのでしょうか？
顔色が悪くて、泣いている、絶望をしているあなたを
きのうあれほど残酷に捨てたひとの愛を求めるあなたを見て、
私はあなたの涙を拭き、慰める。
そして、愛おしいひとよ、あなたは部屋から飛び出し、神の家に入り、
三分と私の遅れている五秒お祈りをした。あなたのそばで、私も祈った

（品田ドラギツァ作）

右上のスペースには『僕が讃嘆するサンドラへ』と書いてあった。

「今日学校から帰ろうとした時、サンドラに話し掛けられて、『こういう詩をある同僚が捧げてくれたけど、どうやって傷つけないで彼に興味がないことを伝えればいいか、専門家として教えて下さい』って頼まれたのよ」

「おっとっと……専門家の解答はこの際いいですけど、《専門家》の方はどうですか？　傷ついた？」

「いや、平気よ！　と言ったら嘘になるけど、この悔しい気持ちよりも気になっているのは自分のずるさよ。要するに、私はもう彼を想っていない――想っていないにも拘らず、私の《記念碑》として残る詩を捧げてほしい。愛してはいないけど、愛されたいってこと。ずるくない？」

「……ニーナは自分に厳し過ぎない？　だって、みんなそうよ」

「大体の人が子供同様本能で生きているのは確かだけど、私は偶然心理学の勉強をしたわけじゃないのよ――むかしから人のこころの奥の奥、そして更にその裏側を知ろうとしてきた。わからないことはもうほとんど残っていないと思ったら、なんと、五十過ぎて初めて本当の自分と想像していた自分の間にはズレがあることに気付いた。ああ、こんな程度だったのか、自分にがっかりしてるの……」

「……やぁめてよぉ！　そんなことを言うなら、私はどうすればいいの⁉　そんなに深いことは考えたことない。考えるつもりもない！　掘り始めたら、ろくなものは出てきやしないわよ。アイツはなんでニーナにではなくて、サンドラに詩を書いてくれたか教えてほしい？　それはですね、優しくて理解深いニーナと違って、サンドラは相手にしてくれないからだよ。手に入らないから悔《くや》しくて必死に努力している。男はね、所詮狩人だよ。狩りが楽しいだけだよ。獲物を捕まえたらすぐ興味を失う。あら嫌だ、男性の心理を心理学の先生に教えちゃった、ウッフフ」

私は、お酒が回り、普段より口数が多くなっていた。ニーナは笑った。

「先生、ありがとう！」

「お安い御用ですよ！　少しはすっきりしたかしら？」

「先生のお蔭で全部わかりました！　たった今、男を卒業することにしました」

「えっ!?　女に切り替えるの？　私は嫌よ！」

「ご安心下さいませ。違う道を選びました。出家します」

「あらま、ご立派！　ところでどこの修道院にするの？」

「名前は知らないけど、日本にあるお寺」

まぁ、笑った、笑った！　普段は飲まないのに、あの強いお酒を二杯も飲んで、何だか全てのことがたまらなく滑稽に見えてきた。よりによって日本にあるお寺なんて！　いかにもニーナらしい。

「笑わないでよ！　そこの住職をしている女性のことを読んだとき、感動したの。元々は有名な作家で、恋多き女として知られていたのに、まさに私の年齢で恋に揺れる生活におさらばし、出家したのよ。頭剃って、笑顔が無邪気なの。ああいう笑顔は、人生のことを――全てではないかもしれないけど――だいたいは見てきたところからくるものよ」

「真剣に日本に旅立つ気になったのね！　ところでナンセンスに思いませんか？　無神論者が出家するって」

ニーナはずっと、ふざけているのか真面目に人生を見つめ直しているのかわからない表情をしていた。

「そんなの関係ないよ。神様を信じる信じないはどうでもいい。私は他人《ひと》を信じることを覚えなければ、そして何より、私が他人から信じてもらえる人間になる訓練をしなければね……。でも、このまま演説してると、アメリカのテレビ説教者みたいになっちゃうから、これで帰るわ」

ニーナはゆっくり帰る支度を始めた。

「ありがとう。コーヒーとリキュールはベストマッチ。それに、カウンセリングもありがとう。本当に楽になったわ。素晴らしいカウンセラーになれるよ」

玄関でニーナを抱きしめて、

「アイツのことは気にしないで。そもそも変人だもの」と、もう一回慰めたら、

「アイツってだ～れ？　もう忘れたわ。今は日本へ渡ることで頭がいっぱい」とニーナはウィンクして帰った。

その冬は雪が多かった。雪の中、ニーナと週何回かは必ず散歩していた。夕食後の片付けを済ませてから町の中心部で会い、歩行者天国と公園とか、毎回違う道を一時間以上歩くことにしていた。自分自身と家族に対して責任を持つ人間はちゃんとした食事と適度な運動で健康管理をするべきだ、という医者の呼びかけはもはや他人事ではなくなった。二人ともい い年をして、以前は想像もできなかった老後が手の届くところに迫ってきた。体が衰えた親の介護もあれば、できるだけ長く子供の役に立ちたい気持ちもあった。お互いの《脱甘党》作戦をサポートしたり、肉を食べるべきか、一切やめるべきか議論したり、学校の出来事を論じたりしていると、一時間も二時間もあっという間だ。時々、甘い誘惑があまりにも多いことを嘆くと、「やっぱり日本のお寺に行くか。お米と大豆料理だけだよ！　精神性に集中出来る」とニーナが冗談に言う。

夜の散歩は初めは体のためだったが、二人にとってこころの潤いにもなっていたことに気

付いた。

「信者は懺悔をして楽になることも、カウンセラー通いが盛んな国ではカウンセラーのソファで全部吐き出して楽になることもわかるけど、何より、やっぱり、友達との会話だよね～」と私が言ったら、ニーナは笑って、

「まさにそう。で、それでも問題解決にならなければ、いつでも日本に行ける、聖瀬戸内住職の元へ」

その冬は、《アレでしたら日本に行っちゃえばいいじゃん》が口癖になっていた。ある日、主人と息子にイライラさせられて、

「アー、モー、日本のお寺に出家スル！」と言ったら、二人は数秒瞬きせずに私を見て、お互いを向き合って、《ママはとうとう壊れた》という意味の視線を交わした。

面白いことに、ニーナと私の夜の散歩中には男の話題はあまりなかった。彼女のお父さんとか私の旦那、そして校長先生と他の男性同僚は登場していたけど、いわゆる《彼氏》という言葉は一度たりとも出たことはない。前の彼氏、未来に現れるかもしれない彼氏、望ましい彼氏、避けるべきタイプの彼氏……

「それってもしかして、私達は退屈なおばさんになったってことかね？　どうですか、先生？」と半分ふざけて言ったら、

「ま、ね。完全に否定はできない。あなたは結婚しているし、彼氏なんて言語道断。私はもう五十三歳だし、いい男に出会うチャンスより宇宙人に拉致される可能性の方が高い。あ、そうだ！　私は出家するの！　彼氏のことを考えてる場合じゃない」とニーナも同じく半分笑いながら答えた。

でも二人とも、ユーモアに包みながらもあることを口にした――《終わったよ》と。人生の大きな、時には何より大事にみえていた幕が降りてしまった。

……と思ったら、春には《出家寸前》のニーナがみるみる若返って、前にもまして綺麗になっていった。

私たちの夜の散歩は、冬ほど頻繁ではないにしても、一応続いていた。本人がなかなか言い出さないから、私が訊ねた。

「最近輝いている！　それに妙にニヤついてるよ。甘いものをやめようとしている人ではなく、《甘いもの》をたっぷり摂取している人に見える。告白しなさい！」

「ハァ……呆れるでしょう。予定もしていなかったし、そもそも視野に入れていなかった人にこんなに惹かれるなんて……。彼は十二歳も年下だよ！」

「そりゃ、若返るわ！　でも、別に、年下だからってどうってことない。私が知りたいのは、ニーナは幸せなの？」

彼女は少し顔を赤くして、答えた。

「こんなに相性のいいパートナーは初めて。彼と一緒にいると心身ともに不満知らず。こんなに愛されると、愛する余裕も出てくる。やっとわかった——なんで今まで、相手に何も求めないほど愛せなかったかって。愛に限らず、人は何かをあげるためには先ず自分が有り余るほど持っていなければならない。それが仮に客観的に少ないものでも、本人が《足りている》と感じれば、他人に惜しみなく分けられる。愛もそうだと思う。自分が貰っている分が常に少ないと感じたら、物理的に返すものがない。私も今まで、いつも物足りない思いだった。彼とは初めてなんの不足も感じていない。彼は自分を飾らないし、よりいい人に見せもしない。完全に嘘のない人で、私もやっと男を信じるようになった……」

「へ〜、そういう人はおとぎ話にしかいないと思った」

ニーナは顔をしかめた。

「ええ、確かに……。この部分はおとぎ話だった。これからは厳しい現実——彼は結婚していて、幼い子供が二人いるの。そしてお母さんが独裁者」

ニーナは最後に笑って、ぎこちない笑いで決まり悪さを隠そうとした。

「おっとっと！　独裁者の母親はともかく、妻子のことは知らなかったの？」

「最初から知ってたわ。彼がすぐに教えてくれたもの。でも物凄く惹かれたから、ちょっとした火遊びで何の害もない、すぐやめるから、と思ったのよ。でもどんどん深入りしちゃって、どうすれば別れられるかわからない……」

「ちなみに、私の知っている人？」

「うん。花屋のオーナー。花で猛アタックされちゃった。毎日ブーケが届いたのよ」

「ああ、あの人。確かにかっこいい。ところで、母親は避けた方がいいよ。前にビーバから聞いたような気がする……何だったたっけ？　あの時は興味なかったから真剣に聞かなかったけど、酷い話だったのは確かよ。ま、それはそれとして、町は小さいからそのうちバレるよ。本当に気をつけてね」

「実はね、最近彼の奥さんが疑い始めたようなの。誰かから聞いたのか、女の直感だったのかわからないけど、かなりきつく責められたって。彼は認めなかったと言うけど、私は酔いからちょっと覚めたわ。私たちの関係のことが本当に知られたら、私の名誉なんてどうでもいいけど、彼の家族が可愛そうよね。奥さんも若いし、子供たちはまだ小さい。愛している人の家族を壊すことはできないわ。だから《別れよう》と言ったの……。だけど彼は聞く耳を持たないのよ。《大丈夫》だって、《妻を落ち着かせた。これからはもっと注意深く会えば何の問題もない》そう言い張るの……」

それから春が夏に変わり、みんなが《暑い！》《しんどい！》《アラスカに移住したい！》などと嘆いている中、ニーナだけは笑顔が絶えなかった。訊くまでもなく、うまくいっていたようだ。夏休みが始まって、私は主人と息子、三人で海辺で二週間すごし、帰って来た時に一度ニーナに会った。

「どう、変わりない？」と訊いたら、

「うん。というか、益々良くなってる。そのうち別れなければならないけど、出来るだけ今とここを生きて、考えないようにしている」と、終始男運が悪いニーナが複雑な表情で答えた。

当日曜日のニーナ

例の《あんたの赤毛のニーナが、頭にターバンを巻いた》騒動はその三日後だった。ビーバは興奮しやすい性質《たち》だけど、作り話は彼女のすることではない。見間違えたという可能性もゼロに近い。なにしろ、三十年も他人《ひと》の頭を扱う商売をやっている。ニーナの関係を考えれば考えるほど、何かが起きたと思うようになった。ああいうラブストーリーは一瞬のうちにピリオドを打つ。

ニーナに電話をした。回りくどい話はやめて、直截に訊ねた。

「ね、髪の毛、どうかした?」

「うん、ま……。何で知ってるの?」

「ビーバがニーナを今朝見かけたって」

「ああ、ビーバ通信社、か。ハッハ」

ニーナの笑いは長い病気で弱っている人のものだった。

「もしかして別れた?」

「別れました」

「……どうしたの、いきなり」

「できれば話したくない……。少なくともまだ。悪く思わないでちょうだい」

＊＊＊

前日の土曜日、夜九時ごろ、ニーナは友達の家で彼氏と会って、実家に帰る時のことでした。公園を横切り、家の近くに来た時に、「ニーナ!」と女性の声が呼び掛けました。ニーナは「はい?」と言った瞬間に、彼女より大分大柄な人が腕と肩を掴み、藪《やぶ》へと引っ張りました。近くにある通りの街灯がわずかに枝の間に入る中、知らない女性が二人いるとわかり、助けを呼ぶべきか、判断ができないうちに大柄な女性が手でニーナの口を押えて、火花が飛び出そうな怒り狂った目をニーナの顔の数ミリに近付け、恐ろしい力で押し殺した囁きで言ったのです。

「声を出すな！　さもないと……」

《さもないと》どうなるかはオンナが取り出した鋭いはさみでニーナは大体わかりました。

「なに突っ立ってるの？　彼女の手を押さえなさい！」

と大柄な年配のオンナは、目を大きく見開いて今にも泣きそうな顔の若い女性を叱りました。そして、ショック状態のニーナの手を同じくショック状態の若い女性に掴まえさせて、ニーナの右の耳当たりの髪を引っ張り、バサッと切りました。頭皮すれすれ、わずか数ミリのところで。震えた指でニーナの手を弱く握っている女性の大きな目から涙が流れ始めました。年配のオンナは、大雑把に一束ずつニーナの髪を切りながら、若い女性に軽蔑の視線を送りました。

「なんでお前が泣くんだ!?　まさか、憐れんでるんじゃないだろうね？　お前の旦那を盗もうとしたこのすけべ女を憐れむんじゃない！　お前の子供たちのことを一瞬たりとも気にしなかったこの売女なんか……」

そして再びニーナを威嚇しました。

「良く聞け！　これで息子と縁を切るんだ、わかったか？　この話をもらしたら、今度は顔をやるぞ。髪は伸びるけど、顔は一生傷が残る。わかってるね!?」

ニーナはわかっていましたが、頷く力はありませんでした。

一方、若い女性はもはや全身で震え、声を出して泣いていました。

選択

——主要登場人物——

アレクサンドラ（ベオグラードの画廊、女主人）
ミハイル（ミーシャ、アレクサンドラの一人息子）
ナターリア（ナターシャ、美しきロシア娘）
マリア（マーシャ、ナターリアの友人）
リーディア（リーダ、画廊の共同経営者）
ピョートル・ドミートリエビッチ（ロシアの彫刻家）

ミハイルの日記

二〇〇三年一月四日

今日正午に電話がなった。掛けてきたのはお袋の学校友達のステヴァンで、なんとも陽気な人だった。

「お母さんはいる?」と、尋ねられ、息が詰まるかと思いながら

「母は亡くなりました。昨日お葬式だったんです」と言うと、彼はどもり始めた。

「な、なんて言ったの? そっ、そんな……。アレクサンドラが死んじゃった!?……いや、何ヶ月か前に会ったよ! いったい何のことだか……とても元気そうだったのに……。信じられないよ! し、死んだなんて……」

僕は、いったいこれから何人の《ステヴァンたち》にこの事実を告げなくちゃいけないのかと思った。

ナターリア・ペトレンコがウラジオストクの友人マリア・シューリッツに宛てた手紙

二〇〇二年　七月二十一日、ベオグラードにて

親愛なるマーシャ

神の道は人知の及ばぬものというは本当だったわ！　一見些細な事がわたしたちの人生を変えるって事に驚かずにはいられないわ。

一歩踏み出したり、逆に一歩後戻りしたりするだけで、ちょっと前までの自分じゃない人になる。あるいは一歩を踏み出したために、もう生きている人じゃなくなる……そんなこともあるのよね。

今日アニュータからメールがきたの。つづりをたくさん間違えていて、彼女がショックを受けていることが分かったわ。読み終えてアニュータがたまたま避けられた災難を知ったときには、わたしも震えがきたくらい。

彼女は、前の日に勉強が多くて、明け方やっと床に就いたそうよ。死んだように寝ていて、

目覚まし時計の音も聞こえなかったんだって。遅くに目を覚ましたせいで、あわててシャワーを浴びてノートを集め、歩きながらオープンサンドを流し込んで……。ともかく急いでたので、飼い猫のジャシックがどこにいるか見なかったらしいの。ジャシックは開いたドアをチラッと見て、すかさず階段を下の方に逃げ出したの。それで、アニュータはジャシックを捕まえていったん部屋に戻り、鍵を閉めてから急いで出直したのね。毎朝大学まで乗っているギバーツァルファティット行きのバス停に走ったの。ところがバスは彼女の鼻先で発車しちゃった……。ところが数秒後に、バスはテロリストに爆破されたんだって！　イスラエルに移住なんて、わたしが反対したのも分かるでしょう！　もし猫が逃げ出さなかったら……

実はわたしの人生も、急変したの――それもなんと、ワンピースのせいよ！　信じられる!?　どうしてこんなに長いこと連絡しなかったかというと、急にいろいろと起こって、まともな文章が書けるようには考えがまとまらなかったの。でも今日は、できるだけ詳しく、音や色、匂いまで分かるような手紙を、きちんと書くわね。読むのに三日はかかるわよ！

それでは、まずワンピース。三ヶ月前、四月十五日のことで、よく覚えているわ。授業のあと、うらうらと素晴らしい春の日を楽しみながら、ミハイル公爵通りを歩いていたの。カフェやブティックが並ぶ横町の角の少し手前で、理想のワンピースが歩いているのに気がついたわ。「アルカ」ギャラリーのエレーナ・ゲラーシモワの展覧会で感動したワンピースに良く似ていたの。

覚えてる？——くるぶしまでの長さ、ウエストは細く、腰から太ももにかけてゆるやかで、その下はまた魚の尾っぽみたいに細くなって、豊かな縁どりが足取りとともに踊るようにゆれるの。ボタンまでゲラーシモワの作品みたいで、コケティッシュにお尻の周りでダンスしていたわ。

そのワンピースが横町の角を曲がって、ワンピースを着た女性が私にドアを開けてくれたとき、初めてワンピースのあとを追っていた自分に気がついたの。魔法に掛けられたみたいに彼女のあとをついて歩いていたのね。自分の道からそれているのにも気がつかずにね。

つまり、その女性はわたしが行くつもりの道とは別の通りに曲がったのに、わたしは彼女のあとをついて行ったの。彼女がある重いガラスのドアを開け、わたしはその後に続いたってわけ……。そこはギャラリーだった。

「お入りになる？」って彼女が尋ねたとき、わたしは我に返って、自分がドアの前にいるって気がついたの。そこは二ヶ月前に来たことがあって、そのギャラリーの前を通っていたの。そのときギャラリーは閉まっていて、修理中だったたっけ、と思い出したわ。

ワンピースのマダムの「お入りになる？」の声に私は「はい、もちろん」と答えて中に入ったの。中にいる女性もわたしを見ていたから、引き返したらなんだか変でしょ？

わたしはことさら《興味があるように》展示品を見始めたわ。壁にはいろんなスタイルの絵画が――欲しくなるようなものも、わけの分からないものも――掛けてあった。床には陶器にまじって、いくつかの大きな彫刻もあったわ。わたしは、儀礼上鑑賞したけど、作者の名前が低いところにあった場合は読みもしないで、むしろ二人のご婦人の話を聞いていたのよ。

ギャラリーの女主人もわたしと同様に、やはりワンピースに魅了されていたわ。ワンピースの女性の周りを歩いてボタンや装飾ポケット、それにぱっと見は不調和な二枚の布をはぎ合わせたひだ飾りなどに触れながら、

「うーん！　すごい！」と、繰り返していたわ。

「傑作ね！　今日のリーディアはギャラリーのオーナーじゃなくて陳列品ね。すれ違う人がみんな振り返ったというのも目に浮かぶわ」

「そう、みんな振り返ったわよ！　銀行で私の後ろに並んでいたおばさんなんか遠慮もなく裏地まで調べて、どんな風に縫ったか、どんな生地を使っているのか詳しく教えてって言ったのよ」

ここでわたしは我慢できずに会話に割り込んだの。

「実はわたしもあなたのワンピースの虜になった一人なんです！　細かいところまですべ

て、じっくり見たくて、気がつくとここまで来ていました」

私がそう言ったら、ギャラリーにいた女性はわたしの方に振り返って、少し眉を持ち上げて、ロシア語で（ロシア語でだよ！）聞いたの。

「貴女、ロシア人？」

マーシャ、わたしが根拠のない自慢は絶対にしないって、知ってるでしょ？　でもここではちょっと本当のことを言わせて。決して自慢じゃないのよ。わたしのセルビア語はセルビア人並よ。私がセルビア語を話すのを聞いて外国人だと分かる人はいないと思う。ところがさっきの短いフレーズで、分かっちゃうなんて！　びっくりしてセルビア語で続けたの。

「ええっ！　どうしてお分かりになったんですか？　わたしの発音、どこかおかしかったですか？」

彼女は微笑んでロシア語で答えたの。

「《ギャラリー》よ。セルビア語はアクセントが最初の音節にあるの。それに『エル』はセルビア語では硬子音なの。貴女はそれをロシア人特有のやわらかい発音をなさったのよ」

ねえ、マーシャ、わたしは目を見張っちゃって、

「貴女もロシアの方？　どちらから？」って聞いたわ。

彼女の発音はあまりにも自然で、一秒たりとも彼女がロシア人であることを疑えないくら

い完璧だったのよ。っていうか、わたしの姑《しゅうとめ》は……（あら、話を前に進めすぎちゃったわね！　ついつい我慢できなくて、この素晴らしい二人のお蔭で、私は初めて家族の本当の良さを感じることができたんだけど……でも詳しく話をするんだったよね。順序だてて話すわ！）

彼女は満足そうに微笑《ほほえ》んで言った。

「いいえ、私はセルビア人よ。でも、ロシアで暮らした年月は、おそらく貴女の生涯より長いのではないかしら……失礼ですが、おいくつ？」

「十九歳です」

「そう、私もそれぐらいロシアで過ごしたでしょう。子供のころ四年間。父が外交官でね。それから若い頃四年、もう一度父がモスクワ勤務になったので――これで八年間になるわね？　そして三年ドイツで勉強したんだけど、ドイツではロシア人とばかり付き合ってたの。それから七八年に子供を産むために（またロシア勤務だった）両親のいるモスクワへ行ったのよ。だからプラス一年半になるわね。それにここのとこ十五年は、仕事でロシアに行くことが多いのよ」

自分の人生のパーツを拾い集めて精算する間、表情は真剣で、おでこには皺を寄せて瞳は右に左に泳いでいたけれど、その目はフレーズごとにわたしの顔へ戻ったのよ。でも直近十五年間のモスクワ行きを思い出すときの彼女の眼は、なんだかぼんやりと凍りついたようになって、自分の心の中を覗いているようだった。数秒間自分の内部にいて、それから我に返って、

「あら、ボーっとしてしまったわね、ごめんなさい！　ところで貴女はどのくらいベオグラードにいらっしゃるの？　どこからいらっしゃったの？」

「ウラジオストクからです。母がセルビア人と再婚して、四年前に三人でここに来たんです」

「ええっ、ウラジオストク？　極東ロシアは遠いわね。あまり帰れないでしょう？」

「なんて言ったらいいんでしょう……。もうベオグラードがわたしには故郷のような感じがしています。祖母が生きていればたびたび帰ったでしょうが……いいえ、生きていればウラジオストクから出なかったでしょう。祖母は亡くなったし、一人の親友は移民でイスラエルに、もう一人はペテルブルクに移ろうとしています。唯一の親類——母の弟たちは、ドイツと、ベラルーシに住んでいるので、ここ四年でウラジオストクに行ったのは一度だけ、あとはヨーロッパをうろうろしてるんです」

そして、話のついでにミンスクとレーゲンスブルクの叔父たちにふれたとき、どうして彼女との話がずっと過去のミンスクとレーゲンスブルクの記憶を思い出させたのか分かったの。

マーシャ、覚えてる？　わたしがレーゲンスブルクでダニにかまれたこと。もちろん覚えてるわよね、脳炎が怖くてマーシャをうんざりさせたんだもの……

わたしが素晴らしい伝染病のおじいちゃん先生ヤーコフ・セミョーノビッチのことを話したのを覚えてるでしょ？　ほら、レーゲンスブルクの叔父の奥さんがお医者さんで、特別なピンセットでダニを完全に取り除いた上にドイツのすごい軟膏を塗って、もう大丈夫と言ってくれたの。ところが二日後、ミンスクのもう一人の叔父を訪ねたら、かまれたところが真赤になってると大騒ぎしたのよ。かまれたところがよけい大きくなってるような気がして……。叔父は診療所に連れて行ってくれたの。信頼のおける専門医のところにね。その専門医は七十あるいは八十に届いているかもしれない、感じのいいおじいちゃんだったの。わたしのかまれたくるぶしのところを見て言ったわ。

「お嬢ちゃん！　下らんことを気にしないで、ディスコでダンスでもしておいで」

すぐにすっかり安心して、叔父とそのおじいちゃんとであれやこれやと話したの。わたしがセルビアに引っ越すと言うと、ヤーコフ・セミョーノビッチは前のユーゴスラビア、それもまさにセルビアで戦ったことを話してくれた。信じられる？　そのとき彼は十八歳でドイツのナチが占領したバルカン半島を開放する最後の戦闘に参加したそうよ。

（二一世紀のベオグラードのギャラリーの女主人と第二次世界大戦を経験しているミンス

クの老ユダヤ人医師との関係を理解しようとして、目をまーるくしているのが分かるわ……ちょっと待ってね！　いま説明するから）

つまり、ヤーコフ・セミョーノビッチは想い出にふけり、彼がバルカン半島でもっとも印象深かったのは、バルカンの女性が亜麻色の髪と黒い瞳を持っていることだったんだって。彼が言うには、その種の女性はバルカン半島以外では見たことがないって。亜麻色の髪の人の瞳は明るいかせいぜい栗色、もし瞳が黒だったら髪もカラスの濡れ羽色の黒がふつうなんだけど、彼の記憶ではセルビアの女性は、亜麻色の髪に黒い瞳という意外な組み合わせだったそうよ。

わたしがセルビアに来て、当地の遺伝子型の研究を始めたら（ええ、もちろん、当時十五歳だったから《研究》じゃなくて、ただ単にあたりを見ていただけのこと）亜麻色の髪で黒い瞳の美人は見当たらなかったわ。セルビアの女性が二十世紀後半ですっかり変わってしまったか、おじいちゃんの記憶が違っていたのか……

でも、ベオグラードのギャラリーで訛りのないロシア語でわたしに話しかけたのは、細面の顔に亜麻色の髪の毛が波うち、まっ黒い大きな瞳の愛くるしい女性だったのよ。たぶん思いがけなくわたしの母国語で話されたせいだと思うけど、そのアレクサンドラという女性がどうしてベラルーシのミンスクを思い出させたのか、すぐには分からなかったの。ヤーコフ・セミョーノビッチに彼女を見せて、彼をぼけ老人扱いをしたことを謝りたかったわ。

それから、彼女はわたしを次の展覧会のオープニングに招待してくれたの。

「あさって、モスクワの彫刻家の個展が始まるの、作家も来るのよ。もし興味があれば、いらして！　同胞と話せるよい機会になるわよ。気軽な立食パーティで、いろんな人が来るし、テレビ局の取材も入るわ。ともかく、いらっしゃいよ」

なんだかわたし、神様が私の手をとってしかるべき方向に導いて下さってるような感じがしてならなかったの。ユニークなワンピースの御婦人はわたしをおびき寄せる役だったのね。そう、リーディアはアレクサンドラと共同でギャラリーを経営してるんだけど……そのあとせいぜい二、三回しか会ってないの。そのあとは、神様がわたしを運命の出会いに導いてくれたってわけ。正直言って、マーシャ、わたしには分かったのよ。これが単なるベオグラードの上流芸術家の集まりじゃなく、何があるか分からないけど、まさにわたしを待っている部屋の扉だってね。過去のありふれた生活を抜け出して、ひとつ上の階に上る階段と言ってもいいかな……。ありふれた生活って言っても、それぞれの人生は素晴らしいものだし、その日その日自体だって貴重なものよね。でもそれを認識するのは稀だし、理解するのは遅すぎる場合が多いでしょ？　そもそも、わたしは自分の人生をありふれただなんて、言えないわよね。十九歳で世界中を旅し、外国に住み、最愛の人に出会えたし……。あらいやだ、また話がそれてしまった！

わたしはまるで自分が不思議の国のアリスになって、すぐそばを時計を持ったうさぎが走って行ったような気がしたの。この場合、うさぎはワンピースを着たリーディアだけどね。アリスと違ってわたしが不思議の国に行っても安心だったのは、神様がいつも傍にいるって信じてたからなのよ。

もちろん展覧会のオープンには行ったわ。ここから話が始まるんですもの――

部屋に入ってひとごみの中で《彼》を見かけたの。うーん、マーシャ、膝がぐらぐらしたわ。それで、わたしの心に最初浮かんだのは、なんだったと思う？（彼とはヒールを履いて歩いても身長のコンプレックスを感じなくていいわ）って事だったのよ。マーシャ！とーってもハンサムだったわ。

彼は立って慇懃《いんぎん》な冷静さでパーティを見ていたの。背が高くてこの上なく美しかったわ。それから頭をかしげて、なにかアレクサンドラと話したのよ!!

会場でわたしが顔を知ってるのはアレクサンドラだけだったので、彼女の方へ近づいて行ったの。そのハンサムさんが彼女の近しい人に違いないと思ったしね――だって同じような黒い瞳、濃い眉、顔の特徴……。彼の顎ひげと髪の毛は瞳と同じ黒だったけどね。

「アレクサンドラさん、こんにちは！」と挨拶し、彼をじろじろ見ないように気をつけたわ。

「まあ、ロシアの美しいお嬢さん！　よくいらして下さったわ。一人では通訳しきれないところだったのよ」とアレクサンドラはわたしの手をとって黒い瞳の素敵な人から離れ「貴女に通訳を頼むつもりで招待したわけじゃないのよ。とは言っても、ちょっとは手伝ってもらうわね」

わたしは苦笑いを浮かべたけど、少しでも長くパーティに居られる理由ができて嬉しかったわ。

「テレビ局のインタビューはもう終わったのよ。談話も私が通訳したわ。でも、もう一人若いジャーナリストが、ほらあそこの隅に、遠慮の塊りになってる娘《こ》がいるでしょう？　貴女は彼女と年が近いし、うまくやれると思うの。まず、作家のピョートル・ドミートリエビッチを紹介するわ。ご褒美にと言ってはなんだけど、後で私の息子を紹介するわ。勿論、あなたにボーイフレンドがいないのならね。でないと、今のボーイフレンドが《元》ボーイフレンドになって、こんな美人のガールフレンドを失ったって、後で私が責められる事になりますから……」

そう言って彼女は振り返り、わたしも振りかえったの。彼とわたしは微笑を交わした。また膝ががくがくしたわ。

アレクサンドラは、わたしとロシア語でふざけてしゃべりながらお客様に微笑をふりまき、おせじに応え、話をし、こちらには会う、そちらにはメールを出す、あちらには電話をする約束をしたり……。わたしは緊張したまま彼女のあとを付いて行ったの。ギャラリーの奥の方まで行ったとき、中央に置かれた大きな彫刻が目に飛び込んできたわ。裸の女性で背中をくぼませて猫のポーズをとっているの。背中には、ベオグラードの有名なシンボル——カレメグダン砦、サーボルナ教会、サワ川とドナウ川の合流点、トルコ風の家といったものが配されて……

若いジャーナリストと作家と一緒にその彫刻のそばまで行くと、なんと！　その女性の顔はアレクサンドラだったのよ。

ジャーナリストはお決まりの人生と芸術に関する質問のあと、興味をそそる作品の名前の解説を求めたのよ。名前はね「ベオグラード——それは彼女」というの。

ジャーナリストの女性は若くて、どう見ても経験不足な娘《こ》だったの。礼儀正しいと言うか、ジャーナリスト特有のふてぶてしさはまだ育ってなかった。彼女はためらいながらも、わたしも含めてみんなが興味を持っている事を聞きたいようだった——彼にとってのベオグラードが女性的であるのはなぜですか？　彼が関係するギャラリーが女性によって営まれているからですか？　それとも彼にとってのセルビアの首都は一人の具体的な女性、アレクサンドラ・ツルンコビッチを連想させるのですか？　とね。

「どちらかと言えば、作家とギャラリーのオーナーとのロマンスが想像されるのですが……」と決まり悪そうにしながらも、若いジャーナリストは具体的な返事を求めて訊いた。

ピョートル・ドミートリエビッチはその質問に少しも動じず、

「答えは言わずに置きましょう。見る人に解釈の自由を与えなくてはね。街は疑いなくベオグラードだし、女性は間違いなくツルンコビッチさんです。この作品は珍しく具象的になり過ぎたようです。私のここ二十年の作品は、もっぱら抽象的なものになっています。皆さんはお聞きになりたいでしょう――なぜ私が今までのスタイルを裏切ったか、それは私の芸術スタイルの変化を意味するのか？――お答えしましょう。何も変わりません。この一回の《変節》に《貞節》であり続ける。ハ、ハ！　なんだかお話しをし過ぎたようですね。私の仕事は粘土をこねること、話すのは見学者と評論家に任せましょう。通訳ありがとう！」と彼はわたしに微笑み、「聴いて下さってありがとう！」と、ジャーナリストにお辞儀をして、アレクサンドラの方へ行ってしまったの。

わたし、通訳している少しの間、紹介してもらえるはずのハンサムさんのことは忘れていたの。通訳に気を取られてね。《通訳》というよりも《意訳》をしたのね。通訳としてあるまじき行為だけど、作家の答えに介入して、彼女の雑誌に掲載されても問題ないような話にしたの。本能的にアレクサンドラを守ろうとしたのね……

《貞節》と《変節》という言葉を彼がたまたま使ったわけではないという事は、勘で分かったわ。彼とアレクサンドラの間には絶対に関係があり、その事に関しては多分わたしだけじゃなく、みんなが想像していたんだと思う。でもわたしは、彼の率直な告白を、なぜかメディアに伝えたくなかったの。（すぐに想像があたっていたという確信を得たわ。彼らは愛人関係で——何と十七年間も！　想像できる？）

そして（あ～あ、思い出すだけでまた動悸が始まったわ）アレクサンドラとミハイルが近寄ってきたの。彼らがわたしの方へ向かうのを見たとき、わたしの身体は酷い反応をしたわ。膝はがくがく、口はからから、おまけに濡れてはいけないところがべたべたになって……。彼に濡れた手を差し出したくなかったので、気付かれないように右手を太ももにこすって拭《ぬぐ》ったの。絶対に変な人に見えたはずなのに、なぜ彼が好きになってくれたのかさっぱり分からないわ。

ミハイルはわたしがギャラリーに入って来たそのとき、一目見て気に入ったそうよ。そしてずっと紹介されるのを待ってたって。お母さんと一緒にわたしのところに来るとき、彼もやはり口の中はからからで手には汗が出ていたって。彼とは一目惚れだけど、それからずっと恋に落ち続けているの。もう一緒に暮らし始めて二カ月になるのよ。

これで全部。ほとんど全部……。わたしたちの愛、この世にないような美しい愛なんだけど、ある悲しい暗い影が見えているの。この事はつぎの機会に話すわね。

ミハイルがもうすぐ学校から帰って来るわ。何か食べさせなくっちゃ、おなかをすかせて公演に行かないように（彼は演劇大学で勉強をしているんだけど、もう劇場でちょっとした役をもらっているのよ）。

アレクサンドラはモスクワだから、わたしが主婦なのよ。（タラって名前のアイルランドの狩猟犬がいるんだけど、タラはわたしの言うことも聞いてくれるのよ。わたしの方があとから家族になったのにね）

また手紙を書くわ。貴女もお手紙書いてね。貴女のお手紙は最高の楽しみだわ。アニュータは完全に電子メール派になっちゃったんだもん。

愛を込めて　貴女のナターリアより

ミハイルの日記

二〇〇三年一月二日

お袋は《あれ》を巧みにやり遂げた。

夜中の十二時を少し過ぎたころ、新年の挨拶といろいろ順調に運んでいるか尋ねるために電話を掛けた。何か漠然とした心配が頭から去らなかった。

お袋は受話器を取らなかった。そして僕はリーディアの携帯に電話をした。呼び出し音が鳴っている間、リーディアがどこか別の場所からこたえるんじゃないかと怖かった、それは彼女がお袋と一緒に別荘にいないということ、すなわち……

リーディアは
「なに？　よく聞こえない！　友達のところで年越しパーティをしてるの、みんな盛り上がって大声で歌を歌ってるのよ」と叫んだ。

僕の言うことが聞こえていないようなので、メールで彼女に車を貸してほしいと頼んだ。

「いいわよ、カギはどこにあるか知ってるわよね。ママとナターシャに宜しく！」と返事が来た。

ズラティボール山まで四時間かかった。

ドアにはカギが掛かっていなかった。暖炉の火は消えていたが、部屋はまだ冷え切ってはいなかった。部屋の隅々にはランプの明かりがついていた。中二階の手すりにはお袋の絹のワンピースの桃色のひだ飾りがぶら下がっていた。ということは、中二階の隅のソファーに横たわっているんだ。僕は声を掛けた。

声も気配もなかった。そう……お袋は逝ってしまった。でもその前に僕にメモを残しておいてくれた――中二階の下、絨毯の上に紙飛行機があった。

僕は救急車を呼んだ。医者は「お母さんは苦しまなかった」と言った。本当に、眠っているようだった。

ナターリアからウラジオストクのマリア宛ての手紙

二〇〇二年七月十日ベオグラードにて

マーシャ、わたしの極東の太陽！　本当にこう呼べるのは最後なの？　ペテルブルクに移るって本当？　よく分かるのよ、でも故郷ウラジオの事を思うと、こころが締め付けられるわ。もう誰も残っていないいんですもの。

《展望がない》ってどういうこと？　当然、皆がどこかへ行っちゃうと将来の展望もなくなっちゃうよね。沿海地方は中国人に任せるつもり？……

もちろん、わたしには他の人に残れなんて言えないけど、これだけは分かってほしい――わたしがウラジオを捨てたんじゃなくて、無理やり連れ出されたのよ。今となっては帰る意味がないの――もう《セルビアの運命》に身を任せてしまったし……。ウラジオには生きている家族は誰もいないしね。もし行ったとしても、お墓に行くだけ。

祖母と祖父のお墓の手入れを頼める人もいない。雑草が生い茂ってるかと思うとこころが痛むわ。おじいちゃんおばあちゃんにとって、どちらでもいいことだとは思うんだけど――結局彼らはそこにいないんだもの……。おじいちゃんやおばあちゃんと話すのはウラジオストクに行かなくてもいいのよね、だって彼らはいつもわたしと一緒にいるんだから！　でもわたしは、祖母が最後まで守り通した習慣を放棄しちゃったのね――彼女は定期的に親族のお墓に参ってたわ。別に、あの世が墓地の門から始まると思ってたわけじゃないのに……

そう、おばあちゃんはわたしが一万キロも離れたところにいるのは知っているけど、わたしの罪悪感がそれで晴れるかといえば、そうでもないの。

でも、それより辛い悩みがあるわ。わたしとミハイルは結婚しないで同棲して、重大な罪を犯しているのよ。おばあちゃんが生きてたら、どんなに叱られただろう！　わたしが躾《しつけ》られた事と矛盾するんで気が滅入るの。躾って、つまりおばあちゃんがわたしに植え付けた信仰なのよ。おばあちゃんが生きてたら、わたし、目が合わせられなかったわ。でも外見の矛盾より、わたし自身がまずいと思う事の方が問題なの。

ミハイルのところへ越してきて間もなく、告解に行ったの。「悔恨《かいこん》を感じていますか？」という問いに「はい」とこころから答え、つぎの日に聖体受領をしたわ。でもどんなに寂しい聖体受領だったか、分かる、マーシャ？　魂が高く高く飛ぶような、あの軽い足取り、この世でないもののような微笑み、イエスキリストの聖体と聖血を受領するときにいつも必ずあるものが、今回はなかったの……。だって家に帰れば、悔いたのと同じ生活が続くんだって分かってるんですもの。それじゃ何の意味もないでしょ？

告解はそれっきり。教会には行くけど、司祭様とは答えられない質問をされないように目を合わせないで、足早に帰ってくるの。

こういった問題に対するわたしの考えが時代遅れだって分かってるのよ。今の若者がわたしの考えを知ったら、きっと頭がおかしいって思うに違いない。マーシャ、貴女だってなかなか分かってくれないでしょう。ミハイルにだって、よくよく整理してから話したんですもの。ミハイルや貴女は、わたしのことを愛してくれているから、馬鹿にはしないでしょうけど、同じ世代の人を考えると、わたし自身を恐竜のように感じるのよ。そう、義母になるアレクサンドラだって驚いていたわ！

「ナターシェンカ、びっくりさせるわねぇ！　私と同年代の人でさえ、そんなに教理に忠実な人を知らないわ。ましてや十九や二十で聖書の教えに従って生きようとするなんて……。《人生って、驚きオンパレード》ってミュンヘン時代のロシア人たちが言ってた。ところで貴女は、人との相性をどうやって確かめるの？　結婚は重大な決意よ。無神論者の私でさえ、人は簡単についたり離れたりしてはいけないと思うもの。愛し合って結婚登記所に駆け込み、愛がさめたらなしにする、なんて……。どんな別れも傷を残すわ。それに離婚の裁判とか財産分与とか、凄まじいストレスだって、経験者はみんな言ってるわ。そんな悲劇が起きないなんて、誰も保証できないのよ。

でも、もし二人が結婚前によく理解し合えたら、それは不幸を避けるいいチャンスになるでしょ？　《付き合う》と《一緒に暮らす》はずいぶん違うのよ。誤解しないように聞いてね。私は貴女にああしろとかこうしろとか、自分の意見を押しつけようとしてるんじゃないのよ。私は自分の息子にだって、いつも決定権は彼に任せてきたのよ。小さいときからね。だから大人になった今、彼の人生に口出しするつもりはないの。しかも他所《よそ》の人にまで偉そうに言ったりなんかして……。まあ、ナターシャ！」

アレクサンドラは笑い出してわたしを抱きしめたわ。

「貴女は、他所の人じゃないわ！　私が言いたかったのは、貴女にはご両親がいらっしゃるし、私なんかにこうしなさいって言う権利はないって事。しばらく同棲して、それで結婚したいと思うなら、婚姻届を出せばいいと思うのよ」

そう、マーシャ、その通りなの。でも……そうではないの。そのことについて、彼女に言ったわ。

「おっしゃる事はもっともだと思います。でも、そのぅ、何と言うか……わたし自身が抱いてしまう罪悪感はどうしようもないのです。だって本当に小さいころから毎週日曜日は朝早くからミサに行き、初めての懺悔《ざんげ》は四歳のときだったんです。当然、そんな懺悔は取るに足りないもので――わたしはおばあちゃんに隠れてお肉を自分のお皿から犬にやりましたといったようなものでした――でも言いたいのは、わたしの性格形成は信心深い家族の中で行なわれ、神の愛がその子供たち全てにいかなる場合でも何が許されて何が許されないか教えるのと同じように、何が善で何が悪かという明確なものを植え付けられたのです。

わたしの子供時代の見識は、優しいけれどしたい放題はわたしにも自分たちにも許さない祖父母によって作られたのです。祖父は、わたしが九歳のときに亡くなりましたけど、わたしはよく覚えてるんです。祖父は祖母をとても尊敬し、司祭様について恭しく話していました。定期的に聖体拝領をし、うちのイコンの前で祈る際の祖父の顔は輝いていました。アレクサンドラ、神を信じない人にはそんな顔はありません！　わたしはこころだけでなく、体の細胞全てから神の教えを吸収したように思っています。だからミハイルとの結びつきを罪深く感じるのは、教会が同棲婚を好意的に考えないといった抽象的な感覚からではなく、わたしの中に深くある良心の呵責なんです」

「まさにそうなのよ」と、アレクサンドラは苦々しく言ったの。

「他はともかく、キリスト教――とりわけ正教――は人に良心の呵責を植え付ける事が得意なのよ。人は――どの人も――自分で考える事、言う事、する事すべて間違っているってね。この《間違い》って事が全て。昼も夜も後悔しなくてはならないという重い罪なのよ。良い事があったとき、それは神様のお蔭。悪い事が起こったら、当然それはその人が罪深いから——その哀れな、取るに足らない生き物は一生神の前で恐れを感じて生活するの」

マーシャ、まさにこれがだいたいの無神論者の不満なの。でも彼らは大変な勘違いを犯してる！　神様を信じない人はどんな些細な事にも恐れを抱くのに、真の信者は主を——唯一に主を——恐れる事を幸せに思っているのよ！　信仰とともにずっと平穏に暮らせるわ。だって愛する神がいつも一緒にいて必ず助け、忠告し、救い、行く道を教えてくれるんですもの！

「そうねぇ、分からない事もないわ」とアレクサンドラは言った。

（彼女と話すのは好きなのよ。だって彼女は、もし反対でも自分の意見を押しつけたりはしないんだもの。彼女とは会話が可能なのよ。彼女と違って、ミハイルは話題を変えたり急にいなくなったりする。まったく！　男はこれだから！）

「最近ある新聞に統計が載ったのよ」と、アレクサンドラは続けた。

「その記事によると、神を信じる人は信じない人よりも健康で穏やかなんですって。私にはよく理解出来るわ。だって人間っていうのは弱い生き物で、《魔法の杖》が必要なの。でも、人間には無限の可能性があるのよ。信仰に集中するとどんな災難にも負けないわ。でも、人間には災難を幸福に変えることもできるのよ。

こんな連想が浮かんだわ。レンズが太陽の光を集めたら紙を燃やすことが出来るわね。宗教では神がレンズの役割を果たすのね。神に希望と信仰の光を向けると、神はそれを確固たる信念と普通の人の枠を超えた強い力に変えるのよ。正直に言って、私にはないそういう支えを持つ信仰のある人が羨ましいわ。支えがないのは、私がそう決めたからではなく、私には信じる心が与えられなかったからなの。私は全て、頭を通して見ているのよ。十字架に架けられた人の復活を少しも疑わないで信じるのは、私には無理なの。それが出来たら、もっと気楽に生きられたでしょうね。残念だわ。私は確かに強い人間だけれど、時々誰かに、あるいは何かに頼りたくなったりもするわ。

あら、どうして私たちの前に何もないの？ コーヒーは？ 私たちはコーヒーを飲もうとしていたのに、なんだか別の世界に行っちゃったわね。よし《自分で考え自分で決めなさい》」と彼女は映画『皮肉な運命』の主題歌をロシア語で歌いだし、自分のひざを太鼓代りに叩いて、「パンパン」と言ってわたしの足を叩き、コーヒーを淹れに行ったの。

この家はわたしにはとっても住みやすい。だってロシアが染み付いてるんですもの。

というわけで、マーシャ、わたしたちは罪深い生活を続けているの。でもなんて甘い罪なんでしょう、マーシェンカ！ わたしのミーシャは本当に素晴らしいのよ。ほかの誰にもない、男性らしさと女性らしさのハーモニーが彼にはあるの。そういう彼を創ったのは神様なのか、それとも決して楽ではなかった人生なのか？

彼は生まれる前にお父さんを失ったの――アレクサンドラは妊娠四ヶ月のときにドイツからベオグラードに行く途中で事故に遭い、彼女の若いご主人は亡くなった。ミハイルはアレクサンドラが母一人子一人で育てたのよ。それで彼は女性のことを良くわかってるの。でも不思議なことに、彼の中に女性っぽいところはひとつもないの。アレクサンドラが言うには、特に男性らしさを強調して育てたこともないし、坊やは自ら成長し、アレクサンドラはそれを妨げなかっただけだって……

「良かったのは、躾らしい躾をしなかったことかしら」

いつだか、わたしがミハイルの子供のころのことを聞いたとき、彼女はこう答えたわ。

「私自身も独立した子供だったの。両親は自分のことで一杯だったから、あまり私に口出ししなかったのね。私もミーシャには同じように接して、どんなことに対しても彼に自分で選ばせるようにしたの。幸いなことに、彼は生まれつき分別のある子供で、私を悩ませることはなかったわ。たった一度だけ――ごく最近ある彼の決定が私を心配させたことがあったの。それで彼の考えを変えようとしたのよ。でも彼はきっぱりと『僕はそうしなくちゃいけないし、それが必要なんだ』と言ったわ――それで彼の思うようにさせたんだけど……。そのときは、身も心もぼろぼろになったわ。でも二人の関係で、私が母親で年長だということを彼はいつも念頭に置いてるのよ。今はもう二人とも大人だけれど、彼は依然として私の子供よ」

マーシャ、二人の調和ある関係に接するのは、とても楽しいわ。大人の優しさ、そしてお互いへの尊敬。それにユーモア！ 二人で笑いあい、わたしもこれまでの人生でこんなに笑ったことないくらいよ。

笑いだけじゃなくて、他にもいろいろわたしの今までの人生には欠けてたわ。ママは自分の人生を築くのに一所懸命で、父は離婚した後は完全にほったらかした。それであなたも知ってるように、おばあちゃんに育てられたのよ。限りない愛情と心遣いで育てられたと思うわ。でもその愛情は祖父母のもので、両親のものじゃない。両親にとってわたしは二の次だったの。わたしもとっくにそれを受け入れてたけど、理性では感情の虚しさは補えないわ。今、愛情に満ちた完璧な母子がわたしの目の前にいる。ミーシャは大事にされて育ってきて、立派な大人になったのも当然だけど、母親が生きているにも拘らず祖父母に育てられたわたしから見ると、アレクサンドラの方に脱帽するわ。十九歳の未亡人を責める人もいなかったでしょうに、彼女は自分の両親に赤ちゃんを押し付けることができたのに、自分を赤ちゃんにささげ、まっとうな一人前の人間を育てたのよ。

ミーシャ母子との生活があまりにも快適で、この二ヶ月自分の母とは一度しか会ってないの。しかも、家ではなくカフェで会ったの。彼女とは共通の話題が少ないのよ。わたしは失礼がない程度に、彼女の新しいブランド物やアクセサリー、彼女に言い寄る男たちの話を聞いていたわ。まるで年上なのはわたしの方みたい。

ねえ、マーシャ、わたしはママを未だに新しい家族に紹介していないの。アレクサンドラは何回か水を向け「貴女のお母様は……」って言いかけたけど、わたしはその度に何かしら考えて話題を変えたわ。想像してっ——学歴も教養も充分、どんな話題でもこなせるアレクサンドラが、針の飛ぶレコードみたいに同じ事を繰り返すママの話を聞く事——グッチのハンドバッグやサングラスを買っていくらだったとか、かの有名レストランでいくらの食事をしたとか、かの立派な実業家にくどかれただとか、ある議員がうるさく付きまとったとか……。想像してみてよ、マーシャ！　ママはあのいやらしい、付け爪をつけて歩いているのよ！

アレクサンドラがママの長話を聞いて、「あ、そうですか」、「面白いわ」、「凄いですね」とか言いながら、困ったなと瞬きするのが目に見えるのよ。マーシャ、わたしはママの事恥ずかしく思うのよ。軽率な子供を持っているなら、まだ望みがあるわよね——成長をし、まともになるかもしれない。でも軽率な親を持つのは、ぜんぜん違うわ。絶望的よ。自分の親を尊敬しないって、戒律違反よね。その気持ちがわたしを悩ませるのよ。それでも、ママを家に招いたりどこかレストランででも会うって事はまだ言い出せないの。待っても何かが変わるわけじゃないんだけど、ママはどう自分を磨くべきかぜんぜん分かってないのよ。どうしたって墓場まで上品とは遠い生活を続けるでしょうね。

ママが何でそうなったのかぜんぜん理解できないわ。インテリでもあるし、信心深い家族の中で生まれ育ったのよ！　祖父母がことさら弟たちより彼女に厳しかったとは思わないわ（そのせいで彼女が両親に反抗するためにあんなタイプに育ったなんて、ありえない）。でも弟たちはまっとうに育ち、彼女は——神様、お許しを！——頭がからっぽなのよ。

ごめんね、またママの愚痴こぼしちゃって。マーシャはママの事よく知っているのに。罪深い生活を送っている事と、ママを恥に思っている事を除けば、あとはすべて完璧よ。家庭には調和があるし、大学はお休み、だから秋の試験期間に向かって残したひとつの科目はゆっくり準備できるわ（本当は春に試験を受けようと思ってたんだけれど、ミーシャと出会って、文芸学は後回しにしたのよ）。

ペテルブルクには慣れてきた？　手紙を頂戴。ウラジオの知り合いで誰かいるの？　ペテルブルクの人って傲慢じゃないかしら？　もしそんな人がいたら気にしないのよ。田舎の人が街に出るとたいがいそうなのよ。あなたのために祈ってるわ。ま、わたしの祈りがなくてもマーシャはすべてをうまくこなせると思うけど。その上、あなたは田舎から出てきたわけじゃないですものね。ウラジオストクは田舎じゃありません！

愛を込めて　あなたのナターシャより

ナターリアの日記

二〇〇二年七月十日

アレクサンドラと交わした信仰の細かい話をマーシャに伝えても仕方がなかった。わたしたちはほかにもいろいろ話をし、わたしは今それを《消化》して、アレクサンドラをどう助ければいいか考えている。

信仰を分かち合えない家族へ入った事を、周りは《信仰心が試されている》と言うかもしれないけど、私は、使命を強く感じる。(試練は悪魔からのもので、わたしは自分の人生でいつも神の御心を感じてきた)。つまりわたしが神を信じない家族と一緒に住んでいるのは、彼らを忠実に戒律を守る道へ導くためとも言える。少し偉そうに聞こえるけど……

別に聖書を引用するのではなく、わたしの身に起きた実際に神の存在を感じた経験について話せば充分。祖母が集中治療室にいたとき、彼女の魂が「マーサとマリア尼僧院」へ行き、ちょうどそのときわたしがまさにその教会で祖母の命を救って下さるようお祈りしていた話は、唯物論者であるアレクサンドラにも強い印象を与えたようだった。

その日の事を思いだすだけでも、からだ中に鳥肌が立つ。

シャーモラ・ビーチからウラジオストック市内へ向かう道路は渋滞で車は一向に進まなかった。わたしは車から走りでて、尼僧院の教会で、病院に運ばれた祖母のことを祈り始めた。夕方の六時少し前だった。はっきりと覚えている。まさにそのときにお医者様たちは祖母の命を救おうと戦っていたのだった。そして彼女は助かった、まだ祖父の後を追って見送られるときがきた訳ではなかったらしい。病院に見舞ったとき、おばあちゃんはこう言った。

「今までに経験したことがないような良い気持だったよ。死ぬと分かっていたけど、とても気持ちがよく嬉しかったの。だから『まだお前の時間じゃない』って言われたときはとっても哀しかったよ。ナターシャ、なんで私たちはあの尼僧院にまだ行ったことがないのかしら？　回復して歩けるようになったら、お前と一緒にきっと行こうね」

わたしはその偶然の一致に、そして神のご慈悲の現れに息が止まりそうだった。神様がいつも一緒におられることに……

アレクサンドラはこの話に明らかにこころを動かされたようだった。

彼女がもしほかの誰かからこの話を聞いたとしたら、きっと信者のたわごとか妄想と片づけたと思うけど、わたしの言った事は信じてくれた。

「私は自分の手で確かめた事しか信じないのよ。少しオーバーな表現だけど、言いたいことは分かるでしょ？　科学では説明し難いことの存在を認めざるを得ない。ただしその多くは《今のところ説明されていない範疇》なのよ。《し難い》と《されていない》の違いは強調しておきたいわ。しかも《今のところ》ね。地球が平面じゃなく丸いことも、太陽がウロウロしているのではなくて地球の上に居る私たちが太陽の周りを回っていることも、現在の私たちは知ってるわ。でも人類は何世紀もの間反対だと考えていて、心から信じていたのよ。だから私は理解し難い事全てを天命と呼ぶのは安易だと思うわ。でも、貴女のおばあ様に起こった事は何と言っていいか、何と名づけていいか分からないわね……。私も鳥肌が立ったわ」

わたしは訊いた。

「アレクサンドラ、もし神がどこにもいらっしゃらないとしたら、いったい誰がわたしたちの生活をコントロールするのでしょう？　全て起こっていることは完全に偶然と思われるんですか？」

彼女は深く考え込んだけれど、それはそのテーマについて初めて考え、答えを見出せなかったというのではなく、その沈黙の時間は彼女のビジョンを言葉に乗せるための時間だった。しばらくしてアレクサンドラはゆっくりと話し始めた。

「私の考えに絶対的な信憑性が伴うと主張する訳ではないのよ。ましてや、貴女や他の人たちを自分と同じ考えの《倶楽部》におびき寄せるつもりはないの。私は自分の《倶楽部》で一人でとても快適なのよ」と、彼女は短く笑って、それからまた真剣に続けた。

「私は《振り子の法則》を考えたわ。人間から宇宙まで、全ての体系について考えると、私の目前には振り子が現れるの。鉄でできた大きい冷たい振り子。振り子は右に左にゆっくりと休みなく動いている。大きくて冷たくて無頓着。振り子がある方向に動くと、宇宙でも人でも、どんなシステムにも言えるけど、高揚し、また反対の方向に動くと、全てが下落するわ。大きな高揚だと大きな下落。小さな高揚だと小さな下落。未来永劫のバランス。病気と健康、得と失、幸福と不幸。私は、一生不運と嘆く人の事を信じないの。そんなことはあり得ない。また一生幸運という事もあり得ないわ。

善人が病気になったり何かを失ったりするのと同じように、悪人と言えども満足と愛の中で生きることが出来る。これは単純化された例に過ぎないと分かるでしょう？　でもこんな純化されたコンセプトでさえ重大な問題が生じるわ。誰を《善人》、誰を《悪人》と呼べるかしら？　一生、一度たりとも、悪を犯さなかった人がいるかしら？　また、一生、一度たりとも善を行わなかった人はいるかしら？　そもそも、善とか悪とか特定できるかしら。

私が言いたいのは、宇宙が絶妙なバランスを保っていること。そして存在の全ては均等に振り分けられている。いつでも《善行》には褒美、《悪行》には罰、そんな事あり得ますか？　少なくとも私には、その童話に出て来る《公平な制度》が見えないわよ。どんな人生を営もうと、時には褒美、時には罰が当たる。みんながありとあらゆるコースを味わう結果になる。善い行いの《貯金》がどんなに多くてもね……。冷たいメカニズムなの。だから私は《創造者》のスペースはないと思っている。この世界を作るにあたり、創造者には特定の目的や深い考えがあった、と大勢の人は信じているけど、私にはその根拠が見出せないの。

全て一神教は、神が何らかのプランによってこの世界を創造した、と私達に信じ込ませようとしているわね。神はきまって唯一彼らを選んだ神で、他に目覚めていない人たちを導くために選んだと言うの。その上、神は人類を愛していると言う。

私はウブかもしれないけど、善意や幸運そして繁栄といった事がその反対の事に対して優越すると期待したいわ。よく聞いてね！　私は決して《絶対的な善意》、《絶対的な幸運》、《絶対的な繁栄》とは言ってないのよ！　ウブかもしれないけど、それほどウブでもない！　だけど《中ぐらい》の善意や幸運、繁栄が至る所にあるかと言えば、そうでもない。で、何がある？　悪意や沈滞そして不幸、この否定のリストは延々と続けられるけど、これらもどこにでもあるのよ。人生を幸福にすることと肩を並べてあるの。もし、全知全能者がいて、聖書に書いてあるように六日間で私たちも含む全宇宙を創造して、七日目を休みにしたとしたら、八日目にはどこかへ行ってしまったんでしょうね。他の事をやりに。他の世界を創りに。『善良な地球に住む人よ、これからは自分の世話は自分でするように……自業自得ということを忘れずに行え！　それじゃ、さようなら』

はい、ナターシャ、私はふざけているかしら。少しはね。でも、どの冗談も半分は真実なのよ。ちなみに、アインシュタインも同じ――《創って、どっかへ行っちゃった》神の見解を堅持していたそうよ。でも、『我々天才の考えは一致している』――ウフフ――だから言っているのではないのよ。そもそも、そのアインシュタインの意見のことは最近の知識だけど、《引退した神》のことは昔から考えていたの。とは言え、そのような神でさえ私には見えてない、感じていないの。

ナターシャ、ごめんね、ふざけちゃって。

私の、宗教的文脈に相応しくない言葉遣いも、信者を尊敬していないからではなく、私が言及した事柄からちょっと距離を置きたいという望みからなの。結論を言えば、創造者はいないってこと。

私達の世界の創造者は人間だけ。全ての良き事は私達の知能と優しさから、そして全ての悪しき事は私達の愚鈍と傲慢から生まれるのよ」

「でしたら、全ての始まりは何なんでしょう？　誰が物体に生気を吹き込んだんでしょう？　誰が宇宙を作ったんでしょう？　何もないところからまたどこからでもなく、何かが現れることはできないんじゃないでしょうか！」

「分からない……。私には物質と反物質の理論の方が分かりやすいわ。ビッグバンが起きて、星々が生まれ、私達の星にはあるとき生命誕生の条件が揃った。一歩一歩、論理的に。このような事柄の、自然科学の枠内で説明されうる因果作用の鎖の発展、私にとっては、全知全能の力による説明できない不一致よりも、信じられる気がするわ」

「それは、つまり進化ということですか？」

「そう、簡単に言って進化ということ。進化には法則があって、ある生き物はその法則によって生き残り、より完全なものになる。それとも逆に、完全なものに近づく事で生き残る？　その一方で、ある生き物に生存の力がなく、次第に死滅する。これらの過程で大小さまざまなずれが起こるんだけど、まさにそれこそが、宇宙が理想の指揮者によって運営されている訳ではない最高の証明だと思うわ」

「でも、トライアンドエラーで誕生したとは思えない現象もあると思うのですが……」

「知ってるわ！　人間の眼の事でしょ？　有名な例よね。でも、学者は段階的な進化の証明を充分しているわ——平べったいミミズのようなものから始まる証明よ。表面に光を感じる細胞のへこみが現れ、それから軟体動物のようになってより複雑な、眼に似たものになる。小さな鎖が繋がり大きな連鎖が出来、それを一つ一つ説明する事は私には出来ないけど、数百万年をかけて現在私達が持っているような眼が形成されたのよ。私達の眼にしても、やっかいなことに、完全なものではないのよね。考えたら、人間は全体的にそう言えるわ。——不必要な親知らずに盲腸、そして直立歩行には向いていない背骨を持っているでしょ？　でもちょっと、文科系と芸術が専門の私たちに、向いてない話題よ。あまり詳しくない生物学に、深入りし過ぎたようだわね」

「面白いですね！　同じ前提条件から全く反対の結論がもたらされていますね。わたしにとっては、それら全てが神の存在の証になるんです。わたしたちは素晴らしく作られている生き物なんです。なぜなら、神はわたしたちを自分に似た形に創造されたからです。それでもわたしたちは完全じゃない、神同様ではない。人間は神じゃないから……。人間は戒律を犯しエデンの園から追放された。それが不幸の始まり。そこで努力し、善業を数多く行い、自分の元の姿に戻れれば、永遠の命で神の帝国に帰れます」

アレクサンドラは肩をすくめた。

「分からないわ。自分の専門でないことについて語るのは好きじゃないの。いえ、それが芸術に関するものだとしても、論争は出来るだけ避けたいのね。

『芸術家（作家・作曲家）Aはこういう風に書いて誰よりも優れている！』とある評論家が叫ぶ。反論者は大声で言う――『お前ら何も分かっちゃいない！　芸術家（作家・作曲家）Bこそが卓越した天才で、お前らが言うAは彼の足元にも及ばない！』

要点は、より賢こそうな顔をする、より大きな声を上げること。そして半世紀ほどが過ぎて、芸術家（作家・作曲家）Aの支持者は世界中で、Aが卓越した天才でBも含む他のものは、情けない徒弟だと断固として主張する。いわゆる《真実》はこうして生まれるの。科学的に証明出来るもの以外の大体の真実はこうして広まるのよ。

肉体だけが疑う余地のない法則に服従するもので、他の精神的なもの、心情的なものはすべて儚《はかな》いものだから、真剣に理論をうちたてようと科学用語の網で捕えようとしても捕えられないのよ。この領域の知識に、存在する権利がないと言うつもりはないのよ。でも、大多数の理論家が、正に他の誰でもなく彼らが核心を捕えたと主張するその聖なる信念、それが私には滑稽に見えるの。戦う蟻の群れを見て、こう思うの――もし私達の上に誰かがいるとしたら、私たち人間を見て、哀れなあほどもだな、と呆れているに違いない」

「ああ！　貴女もやっと、神の存在を認めて下さいましたね！」

「まぁ、そんな可能性もあるわね。私は絶対ノーとか、絶対イエスとか言わないでしょ？

全て可能性はあるわ。頑固で和解しないのは男性でしょう。男性は、証明したり、争ったり、議論したりして、権威者として認められる事を必要としている。私は、セオリーではなく、実生活にしか興味がないの。自分とそして私に近い人達が健康で幸せな生活を送り、他の人の幸せや健康の邪魔をしないで、むしろそれを助ける生活ね。これが世界や、他の人たち、そして人生に対する私の見解なの。神がいるとかいないとか、動かしがたい証明を手に入れたとしても、変わらないわ」

ミハイルの日記

二〇〇二年十二月三十一日

やっとどうやってお正月を迎えるのか計画をたてた。僕はどこへも行きたくないし、家でパーティを開くアイディアにも気乗りがしない。お袋ともっと一緒にいたいだけ。お袋は僕の指からするりと抜けて行くような感じがする。そして、だんだん僕の前から消えていくような……

僕は、家で晴れ着に身を包み、お祝いの料理を用意して、音楽とせいぜいテレビ、家族だけの新年を祝おうと提案した。そんなことが出来るのは、これが最後だという予感がしたんだ。ナターリアにも、もし大晦日の晩を実家の母親と過ごしたければ、そうして、と言った。彼女は幸いにも賢くて、すねたり、よそ者扱いされたように感じたりはしなかった。この子は宝物だと僕は思い、お袋に注意を向けた。お袋が結論を出した。

「いいえ、あなた達は自分の仲間と新年を迎えるといいわ。私はリーディアと山の別荘へ行くわ、いーい?」

がっかりしたけど、お袋が毅然と言うので反対出来なかった。

それから僕とナターシャは話し合った——僕たちが義父とナターリアのママのところに行く——いや、ナターリアの友達がボーイフレンドと一緒にうちに来る、または僕たちが行く方がいいか? それとも僕たち二人だけで過ごすか? たくさんのバリエーションがあって頭がこんがらがった。それで僕はこの件に関して彼女に任せることにした。

ナターシャもまた僕が喜ぶようにしたいらしく、毎日新しい、僕がイライラしないだろうと思う彼女なりの提案をした。せっかくの思い遣りの気分を害さないよう、僕はそれを全部検討するしかなかった。結局、うちに残って誰も招待しないことに決定。ナターリアはケーキを作り、僕の義務はシャンパンを買う事だった。

「じゃあ、私たちにも一本買って来て!」とお袋に頼まれた。

五時ごろ、お袋は小さなボストンバッグを持ってこう言った。

「じゃあ、出かけるわ……。リーディアが待ってるから」

ナターリアは、お袋のほほに音を立ててキスをした。

「車の運転には気をつけて! 道は除雪されているそうですけど、ゆっくりといらしてください。そして楽しく過ごしてくださいね。ところで、いつ頃帰っていらっしゃいます?」

「うーん……」

お袋はたった今そのことを考えたように見えた。

ナターリアは、もの問いたげに彼女を見続けていて、お袋は微笑んで、大げさに自分の好きなツェサリッチの詩を朗唱し始めた。

「誰が知る? ああ誰も、何も知らない、知識は儚い! 私に触れたのは真実の光なのか、夢なのか?……」

そしていきなり

「私の一人息子を抱かせて」と言った。

腕を高く上げて僕の首をしっかりと抱いた。ああ、高いヒールを履いてないと本当に小さい女性だな、と僕は思い、背を丸めてお袋を抱いた。

お袋は僕を強く抱きしめ、髪の毛をなでながら囁いた。

「私のかわいい子! 私の一番大きな喜び! 世界中で一番愛してるのよ。ママの太陽、ママの宝物。こんないい子は他にいないわ!」

信じられない! 何年も前に聞かなくなった言葉だ。昔と同じ順番で語られた。何年ぶりだろう? 学校へ上がるまで、寝る前の儀式だった。それ以後は、僕がお袋の自慢だったときとか、慰めが必要なときとか。成長期にはだんだん少なくなり、それから無くなってしまっていた。今、何が彼女の口を開かせたのか？　僕はお袋の眼を見ようと少し後ろに下がった――彼女の眼は涙でいっぱいだった。僕は今まで、お袋が泣くのを見たことがなかった。忌まわしい病気め！　あのタフな女性をこんなに弱くしやがって！……

お袋は自分のそんな様子を見られるのが嫌なようで、僕をまた力の限り強く抱きしめた。

「大丈夫、大丈夫よ！　良くなるわ……全てね……」

ナターリアはびっくりして僕たちを見ていた。そこで、僕も驚いているよ、という目配せを彼女に送った。

それからお袋はナターシャの方を向き、抱きしめてこう言った。

「ごめんなさいね。あの小さい子が何だか恋しくなって……」

そして背中をぴんと伸ばし、これから国歌を歌うかのように咳払いをして、敬礼した。

「諸君、さいなら！」

僕とナターシャは安心して笑い出した。お袋はいつもこうなんだ――驚かせて笑わせる。

台所からケーキの焦げる匂いがして、僕たち二人の素人パティシエはオーブンの方に飛んで行った。僕はもう一回振り返った。お袋は敷居のところで立ち止まった――唇はぎゅっと結ばれ、眉間には深い縦じわが寄っていた。僕は彼女の暗い眼差しがアパートをさまようのを数秒見ていた。その重い視線で、全てのものが湾曲したようだった。お袋と眼が合ったとき、僕は撃たれたような気がした。

若くてエネルギッシュで、予定をたくさんこなしてきたお袋の眼には、もはやエネルギーも予定も見出せなかった。たった二分ほど前に言った「大丈夫よ、良くなるわ」のかけらも感じられなかった……

それからお袋は手をゆっくりと唇に当て、僕に投げキッスをして、静かにドアを閉じた。

リーディアが一緒に行ってくれてよかった。少しは安心だ。

ウラジオストクのマリアへの手紙

ベオグラードより二〇〇二年七月三十一日

わたしの懐かしいマーシャ！

普通、手紙を書いたあと、封筒に宛先を書いて、そして切手を貼るよね。わたしもいつもはそうするんだけど、今日は順番を逆にしたのよ。貴女の宛先をウキウキと書いてから、日本の書道家のように「ウラジオストク」と、あるだけの芸を込めて綴った。ウフフ、今もうっとりと眺めているわ。

もちろん貴女の帰郷が短期間ということは分かってるわ。わたしたちの古き良きウラジオは元気かしら？　たぶん霧で湿度は《一〇〇》％よね！　洗濯ものは乾かないし。いくらウラジオが好きでも、これは言わざるを得ない——ウラジオの気候は世界で一番嫌なものなんですよ。夏は町から離れたルスキー島で過ごさなくちゃ。

あるいはセルビアでね！　ここも暑いけど、沿海州のやりきれない蒸し暑さはないわ。太陽の日差しを避けて木蔭へ移るだけで全然違うもの。

ああ、夏、休暇、リラックス……。あとは、わたしのダーリンもリラックスができたらな～。男性について言われていることは、本当のような気がする——彼らは、常にママに対して小さな男の子でいて、彼らの人生で一番大事な女性は、ママだって。

でもね、マーシャ、あなたがもし、ナターシャは彼のママに嫉妬しているとか、アレクサンドラが息子とナターシャのあいだに割り込んでるとか思うなら、それは間違いです！ 実際、彼女は気を利かせて丁重に彼を私の手に委ねたし、彼もお母さんに対して大人として接してるわ。全て平穏無事にいってて、怖いくらいよ。

一つだけおかしなところがあるの。彼はお母さんに対して心配し過ぎてる。まるで、彼が父親で、ママは病気がちの娘みたい。彼は常に彼女の健康に怯えてるの。

先週私とアレクサンドラが台所に立ってお喋りしていたとき、アレクサンドラが仙骨のあたりをトントン叩いたの。わたしは気付いたけど、坐り方が悪かったか、寝方が悪かったのかもしれない、と思ったの。そんな事ってだれにもあるでしょ？

彼女が何も言わないから、聞きもしなかったし、取り立てて痛がるようには見えなかったの。でも、ミーシャが来てすぐに尋問が始まったわ。

「腰がどうかしたの？」

「特に何も」とアレクサンドラが言った。

「じゃあなんで叩いているの？」

「どれ？　あ、これっ？　時々スーっと痛くなったりするのよ」

「いつごろから？」とミーシャは厳しく問いただした。

「分からないわ。どうしたの、くどいわよ！　腰や背中の痛みぐらいで……。これはね、進化の付けが回ったの。そしてハイヒールもね。私のような背の低い女性が何センチかでも背丈を伸ばそうとして、体には悪いと知りながらもかかとの高い靴を履いたりするのね」

「整形外科の予約とった方がいいんじゃない？」

「やめてよ！　これは整体療法で充分なのよ。あ、分かった！　四つん這いで歩こう！」

アレクサンドラは笑い飛ばし、心配顔の息子のほっぺを軽く叩いて、出て行った。

「ねぇ～、どうしてそんなに心配するの？　だれだってときどき背中が痛くなったりするじゃない。若い人でもね」

と、わたしが言ったら、ミーシャは教えてくれた。

「一カ月も前に、ギャラリーの入り口で、顔を歪めて腰を抑えているのを見たんだ。その時は車で変な風に坐ったのかもと思って。一回のことでは病院に行かせたりしないけど、でも見ただろ――まだ痛がってるんだ」

「そう、一度お医者さんに診てもらって、マッサージに通うのも悪くないわね。でもどちらにしても、少しお母さんの健康に神経質過ぎるように感じるわ」

ミーシャはため息を付いた。

「それなりの理由があるんだ」

マーシャ、話を短くすると、こういう事——ミーシャはママのことでとてもつらい思いをした時期があったの。

彼が七歳のとき、二週間も病気のアレクサンドラを看病したの。そのとき、ママをも失ってしまうんじゃないかと、すごい恐怖にかられたのよ。彼は、ママの食事の世話をし、髪をとかし、彼女の下着やパジャマを洗ったの——彼女は二週間ベッドから起きられなかったから。彼女に本を読んであげ、算数の練習までさせたんだって。一年生にあがったばかりなのに……。そんなことがあってから、彼は常にママの体調を心配してるのよ。

ところで、マーシャの体調はどう？　皆と会って、ディスコでいっぱい踊りたい気持ちは分かるけど、やり過ぎないようにね！　そしてわたしに手紙を書く時間を残しておいてよ。全て詳細に書いてね。天気のことも、道にできた新しい穴ぼこのことも忘れないでね！

それでは、みんなによろしく！

愛を込めて　貴女のナターシャより

ミハイルの日記

二〇〇二年十月十二日

今日正午すぎ、居間を通った。窓の日除けは閉じられていた、暗くて見えなかったけれど、誰かがいる気配がした。お袋がソファーから立ち上がり、ランプをつけて僕に横に坐るように呼んだ。

午前中彼女は、先週の検査の結果を聞いて来たんだ。

結果は……

絶望が襲った。僕は機械的に叫んだ。

「どうすればいいの?」

お袋の頭のまわりにはランプの光が後光のように差し、顔は暗がりにあった。彼女はゆっくり言った。

「私は決めたわ。去ることに決めたの……」

僕は意味がわからなかった。

「何？　どこへ行くの？」

お袋は黙っていた。少し経つと僕の目が暗さに慣れて彼女の顔の輪郭が見えた。彼女はすまなそうに僕を見て、うつむいた。そのとき、やっと分かった。

「これから悪くなる一方だわ。お願い、分かってちょうだい……」

僕は途方に暮れ、もぐもぐと言った。

「これは悪夢だ、目を覚まさなくちゃ。悪い夢、悪い夢、早く目を覚まさなくっちゃ」

「私はもう、眠りについてそのまま目を覚ましたくないわ。強力な薬も効かない地獄のような痛みが始まる前に、あなたたちにも迷惑をかけ、神様が私を引き取るようナターリアが祈り始める前に。ミーシャ……もうこれは私ではないわ。先日リーディアをひどく侮辱してしまったのよ。私に一所懸命のあのリーディアをよ！　昨日もタラを足で思い切り蹴ってしまったわ。足もとでぐるぐる回るもんで……。今まではそんなこと気にもかけなかったのに。今では、些細なことにもイライラするのよ。だから独りで逝くの。分かって、お願い！」

「僕が『いいよ、どうぞ、自分を殺したら』とでも言うと思ってるの？」

「……あなたは多分、私が言葉の違いにこだわってるだけだと思うでしょうけど、《自殺》は自分に対しての暴力行為だけど《人生から消える》というのは、救済よ。自殺は、争いや憎しみで別れること、でも私は自分でドアーを静かに閉じたいだけなの……

ミーシャ、私の可愛い子、私はやると決めたら、あなたに黙ってやることも出来るわ。でも、あなたに分かってもらいたかったの。私を裁かない、憎まないことを確かめたかったのよ。どのみち私はやらなければいけないことはやる。だって私の人生だもの」

「お母さんの人生だけど、お母さんだけのものじゃない。ナターリアは『神が与えて下さり、また神だけが取り去ることができる』と言うんだけど、僕は神なんかどうでもいい。説教のように聞こえるかもしれないけど、人は全て近しい人に属しているし、だれかが死ぬと残った人たちの人生は空虚なものになってしまうんだよ」

「じゃあ、私が経験したことも分かるわね！　コソボ紛争の時、あなたが軍隊に入ることに決めた時のことよ。私にとってあれは、無意味に命を掛けることだった。まさにあなたがさっき正しく挙げた理由で、私はだれか知り合いを頼んで兵役から解放してもらうようにあなたにお願いした。ミハイル、もしあなたが殺されたら私は生きていけない。神も国もどうでもいいわ、私には、あなた一人しかいない。あなたが無事で生きていてくれることだけが大切なの。でもあなたは国への義務を果たすことに決めた——そして私は心を鬼にして、止めなかった」

《真実は一つ》と言われているが、全くおかしなことだ！　あの時は、僕の真実――みんなが徴兵を回避するためにいろんな策を弄し、医務委員会に身体障害者だの精神分裂患者だのと証明を出したりしているのを見るに見かねて軍に行くことにした――そして僕の母の、全ての母の真実があった。もし、息子を亡くしたとしたら、国家など気にしていられない。ここには二つの真実がある。どちらか一つが本物なのか？　僕は黙らざるを得なかった。

「私達の命が他の人にも属しているというのは――それは、勿論そうだわ。人がいなくなるとその人と深い関係のあった人々の心にぽっかりと穴が開く。でも人はみんな死ぬのよ――遅かれ早かれ、死に方も色々あるし。それでも世界が終わってしまう訳ではないわ」

それから二人とも少し黙っていた。

「あなたは分かりたくないでしょうね。わがままを言ってる訳じゃないのよ。もし仕事や恋愛で問題があるのなら、こんなことは言い出さないわ。仕事上の不手際や恋愛の悩みなら打ち勝つことが出来る。でも死には勝てない。死と交渉することなんて不可能。死に連れて行かれない唯一の方法は、死が来る前に自分で逝くことよ。

私が生きるのに飽きたとでも思う⁉　私には愛する人がいて、楽しめる仕事もある、愛情と尊敬に囲まれている――そういう人生なら、命を捨てはしないでしょう。でも私の将来はどんなもの？　痛み、それに命をつなぐためのきつい薬と装置……。い・や・だ！　私は立派に生きてきた、そして人間として死にたいのよ。あなたはどの道悲しむだろうけど、あなたの思い出にはこのいつもの私が残ってほしい。息子の声にも反応しない《植物》として記憶されるのは嫌なの！

それからお袋は笑い出した。

「椿姫と寸分違わないわね。ブルガーコフの『啓蒙週間』を読んで、二人で大笑いしたのを覚えてる？　教養のない兵士のオペラ鑑賞を描いたあの短篇。今にも死にそうなトラヴィアータのところに来た医者との場面を兵士が自分の言葉で勝手に話すのが面白かった。『医者がトラヴィアータに近寄って、歌うの『あなたの病気は重く間違いなく死にます』。そしてトラヴィアータもどうしようもないと分かった——死ぬしかないって。それからアルベルトとその父のリュプチェンコがやってきた。リュプチェンコは結婚の許可を与え、彼女に死なないでくれと言う。ところがトラヴィアータはこう言うの『すみません。出来ないんです、死ななければならないので』ってね。ブルガーコフは天才だったわ！」

「僕は今ブルガーコフって気分じゃないよ」

「彼も早死にだったのよ」

「分かったよ。僕もブルガーコフが早く亡くなって残念だけど……」

「それに大変苦労して亡くなったの」と、人差し指を立ててお袋は言った。

僕が今にも爆発しそうな顔をしたから、彼女は大人しく付け加えた。

「分かった、分かった。もう止めましょう。ごめんなさいね。それより、どこかへ行きましょう！　たとえば植物園とか。ベオグラードに植物園はあったっけ？」

お袋は思ったことを実行するだろうと確信した。そして、お袋を手放したくないという気持ちが強くても、彼女を責める気持ちにはなれなかった……

ナターリアの日記

二〇〇二年八月二日

アレクサンドラの話に強い衝撃を受けた。マーシャに話したいけれど、あまりにプライベートなことなので思いとどまり日記にだけこの話を認めることにした。マーシャはアレクサンドラの大きな秘密について知ったとしても口を滑らすことはないだろうけど。彼女たちが出会うことはないし、仮に二人が会うことがあっても……

口数の少ないミハイルの話で分かったことは、当時アレクサンドラは病気になり、彼一人で看病した。家族（アレクサンドラのご両親にも、また舅《しゅうと》、姑《しゅうとめ》）にも秘密だったとか。秘密の病気って？　と私は考えた。

何年も前のことなのに、ミーシャは未だに引きずっている。そうでなければ、わたしもそれほど気にはならなかったでしょう。

わたしとアレクサンドラ（そして彼女の足元にいるタラ）はいつも彼女が家にいるときのように、五時ごろ居間でコーヒーを飲みながらお喋りしていた。わたしは一人掛けソファーに坐り、アレクサンドラは長椅子で背中の痛みが和らぐ姿勢を探して横になっていた。タラは立ち上がったり寝そべったり、落ち着かなさそうにしていた。驚いたことに、アレクサンドラがタラを怒鳴りつけ、それだけじゃなく、足で蹴った。かわいそうな犬はわたしよりびっくりしたようだった。アレクサンドラはいつもタラをかわいがり、優しく接していたから。そこで、わたしは彼女の背中に注意を向けざるを得なくなった。

「神経が挟まっているのじゃないですか？」

「多分ね。でも良くなるわ。ミハイルの病に感染しては駄目よ！　私のことになると彼はパニックになるんだから」

「子供だったあの時、彼はママの事をひどく心配したようなんです」

彼女は眼を凝らしてわたしを見つめた。わたしは彼らの秘密に立ち入ったようで、きまりが悪くなった。

「いいえ、心配しないでください！　わたしは何も知らないんです。ミーシャは詳しい事は何も話してくれなくて……。彼はママが重い病気になって看病し、そしてママはもしかして……とても恐れたって」

「私が死ぬってこと、でしょう？」

わたしはその言葉を口に出すのが嫌で、うなずいただけ。

「ああ、ひどく心配させたのね！」と、アレクサンドラは絞り出すような声で言い、それから苦笑して言葉を切りながら言った。

「あ・い・の・た・め・に・し・ぬ――これ以上ばかげたことはないわね、ナターシャ」

わたしは何と答えればいいか分からなかった。訊こうにも訊けなくて、だけどその必要もなかった――アレクサンドラは何もかも話してすっきりしたいようだったので、わたしは黙って彼女の話を聞いた。

「このことは誰も知らないのよ。男と女のロマンス、その詳細は二人の間にとどめるべきだと私は思っているの。特に、その二人の気持ちが誰かを傷付ける場合はね。だから私はだれにも話さなかったの。今、どうしてあなたに打ち明ける気になったのかしらね？ 分からないわ……。多分、全ての事をコントロールして、品位を保つ事に疲れちゃったのかも。それに、あのときは気位の高さを保てなかったし……

一九八五年の事だったわ。リーディアのお父上のペータルの招待でベオグラードにピョートル・ドミートリエビッチが来たの。ペータルはよく諸外国の芸術家をここに招いていたの。

ギャラリーの上にあるアトリエに、ある人は一カ月、ある人は二カ月と滞在して制作に励んだの。そしてペータルはその作品を展示して販売していたわ。私達のギャラリーや他のギャラリーまたヨーロッパの市場なんかでね。

ペータルとピョートル・ドミートリエビッチはモスクワで知り合ってお互い《一目惚れ》し、また同名だということが、大きな役割を果たしたそうよ。《ペーツァとペーチャ》というコンビとして三年前ペータルが亡くなるまで一緒に働いたの。

私とピョートル・ドミートリエビッチに関しては、《一目惚れ》はなかったわ、少なくとも私の方はね。彼はすぐ私に関心を示した。彼の求愛に私は答えなかった。というのも、第一に私は二十六歳で仕事と子供のことだけに生きている干からびたおばあさんだったから。第二にピョートル・ドミートリエビッチはお客さんで一カ月後には妻の下に帰る人。私は自分をただの遊びの相手と見られたくなかったから。そして第三には、彼は私が我を忘れるほどのハンサムでもなかったから——私よりずっと年上で、痩せて少し猫背で、髪がかなり薄くなっていたわ。要するに、情熱も、自由も、将来もなかった訳よ。

私が初めて彼に会った時『なんでこの人はこんなに私を見つめているのかしら？ 私が自分と寝るとでも期待してるのかしら』と思ったわ。その事は昨日の事のように覚えている。あ〜あ、ナターシャ……。三日経ってから、私はそのことしか考えないようになっていた！

どんなに彼と寝たいかって！

幸か不幸か、その時ミーシャはドイツに住んでいた亡夫の両親の下に行っていて、私は完全に自由だった。そして、少しでいいから、この魅力的な、経験ある男らしい男性のものになりたくなった。身震いするほど……。三日のあいだに、彼はあまりにも私をうっとりさせたので、背の高い猫背の体も広くなったおでこも、彼が五十代であることも忘れてしまったのよ。

《愛は病》と言われているわね。もっと正確に言えば、愛は病じゃなくて情熱が病なの。いつしか私達の関係は愛となり、深い人間的なつながりへと成長したのよ。彼の最初の訪問中にあった事は誰にもお勧め出来ないわ。その時の私は選択の自由を奪われて、何も出来ない状態だったの。人生はいつも受け入れるか拒否するかの可能性を与えてくれるんだけど、その時の私には選択肢がなかった。私の目の前で、耳と血管の中で《イエス、イエス》と脈打ったのよ。食べることも寝ることも出来なくなった。道徳や将来の見通しといった問題は、どこかに消え去った。ああ、全てが何とも下品に響くわね——自分の声を聞いて、思い出したりする。他人の話をしているかのように、驚いたり、ぞっとしたりして。自分を本能むきだしにしてしまうなんて……

でもねえ、最初は抵抗したのよ！　ある日、リーダとペータル、それにピョートル・ドミートリエビッチと私、四人で夜遅くレストランからの帰り道、ピョートル・ドミートリエビッチが私に囁いた。

『みんなと別れたあと、ギャラリーの僕の処へ来てくれ』って。

私が彼に、

『遅いからもうバスも動いていないわ』と言っても、彼は納得しないで、

『タクシーで来て！』と言った。

私はお金がないと嘘をついた。その間に私達はギャラリーの前に着いた。そこで突然、彼は大げさに、素晴らしい夜のお礼を込めて舞台風の挨拶を始めたの。そして二度と会わないかのように握手して来た。なんだか変に感じたけど――きっと私達セルビア人には理解できないロシアの魂の現れなんだろうと思ったの。でも私と握手したとき、掌になんだか平べったい四角いものの感触があった。ピョートル・ドミートリエビッチは意味ありげに私を見たわ。私は秘密を託されたような気がして、手を滑るようにポケットに入れた。それは三つに折ったお札だったのよ！　タクシー代。

でも私は行かなかった。考えて見て――深夜、女性が知り合いに隠れてギャラリーに行く（芸術の大の愛好家に違いない！）二階のアトリエに灯がともり、男が彼女を待っている。その男性はだれか違う女性の旦那でね……。そして彼女は誰？　コールガール？　前もって運

賃を払ってもらった女……

ダメダメ、私のスタイルじゃない！　誰に見られてなくても、行かなかったわ。自分に対して恥ずかしい事だもの。でも朝まで眠ることが出来なかった。《やる》と《やらない》の間で寝返りを打ち続けて。

翌日、彼には新聞のインタビューがあり、私が通訳だった。朝ギャラリーの前で彼と会い、私は黙ってお金を返した。彼は何も言わなかったけれど、記者の質問に答える度に口ごもることなくイントネーションも変えずにいろいろなフレーズを挿入するの――『万事快調だが、この美人は俺のことが好きじゃない』とか『今の段階では世界の芸術の発展が止まったようにみえる、ところで僕は昨夜美しい通訳を待っていて全然寝られなかったんだ』……。このやり方で私を制覇したんだわ、そこで私は折れてしまった。

私はすぐにゲームを受け入れた。ちゃんとした答えになっている部分を通訳し、それからセルビア語からロシア語に質問を訳して、表情も話の早さも変えずに『あなたは、無駄に彼女を待ってたんです――彼女は来るつもりはなかった』『それであなたのご意見は？　通訳さんは、親しい関係になろうなんていう考えを捨てるよう忠告します。そんなものはあり得ないんですから』

ロシア語とセルビア語は類似点が多いから、記者が気配を察して危ない遊びが露見する可能性は無きにしも非ずだったけれど、全てなんとかうまくいき、ジャーナリストは満足して去った。そして私はその夜、品格も道徳もそして明日のことも忘れて彼の愛人になったの。

結婚はしなかったけれど、それからの一カ月は最高のハニー・ムーンだった！　蜂蜜のように甘くて、甘くて……。彼のする全てのことが私には快楽だった。彼は、大人が子供の面倒をみているようにも、全信頼を寄せる奥さんに対するようにも、そしてベッドの経験が豊かな彼でも想像さえできないようにも私を扱ってくれたの。

初めから私達の関係には厚みがあり、私の必要を全て満たしてくれた。七年の未亡人生活の後で、本当に……本当に大きかったのよ。ピョートル・ドミートリエビッチのお蔭で、私は極めて情熱的な女性だと自覚したの。それまでは、友達が話す舞い上がるほどの熱情とか、いつも懐疑的だったわ——優しい愛情に関してはよく知っていたけどね。ミーシャの父を愛して結婚したんですもの。でも身震いするような、この世のものとは思われない満足の波、理性を失うこと——ああ、ごめんなさいね！　君ら夢見る女の子たちはファンタジーの読み過ぎよ！——私はしっかりそう思っていたの。ピョートル・ドミートリエビッチに会うまで……

でも彼を純粋に男性として、つまり妻帯者とか、短期滞在の芸術家とかいったレッテルをはがして本来の彼を受け入れたとき、私はリラックスし、惹かれる男性に対して普通の女性が反応するようになれたのよ。

あからさまな表現が許されるなら、彼が軽く触れるたびに、電流が走ったの。飽きるということもなかった。どんなに長く一緒にいても、まだ足りないと感じたわ。数時間抱き合っていても、もっと強く抱きしめ合いたいと思ったし、私たちに介在する皮膚でさえも邪魔だと思うくらいだったの。

こういったことは、むろん誰にも知られずに済むはずがなかった。ペータルは見て見ぬふりをしたけれど、一度だけ、私から眼をそらして静かに言ったわ。

『サンドラ、ブレーキを掛けろ。ピョートルには体の弱い奥さんがいるんだ。彼は奥さんを捨てたりしないんだよ』

恋愛にひどくのめりこんではいたけれど、この関係に将来がないということを、私はしっかり理解していたわ。でも、彼の出発が近づくにつれ、どんどん落ち込んでいったの。彼は自分も辛いのに、私を慰めてこう言ったのよ。

『真実の愛に距離は関係ない。君は正しいと思う。妻の下にいながら、こころがベオグラードにあることは、妻には申し訳が立たない。しかし、俺は妻を捨てないし、君も俺の離婚に関してはほのめかしたこともなかった。それが我々の罪を少しは軽くしていると思う。我々の罪は、誘惑に負けたことだ。君が俺のどこに惹かれたか分からないけれど、俺に関して言えば、君ほど愛する女性はかつていなかった。正直に言うと、俺は恋多き男だけど、こんな感情は初めてなんだ。君は俺の最愛で最後の愛なんだ。……サンドラ、ふざけないで！本気なんだ。このことは時が証明してくれるだろう』

彼の真面目なスピーチは滑稽に見えたわ。恥ずかしさもあったでしょうけど、彼の言葉に割り込んで、私達の物語の哀しい結末をコメディーに変えようとしたの。でも彼が正しかったわ。彼の感情が真面目なものだったことは、時が示してくれたの。十七年の間の活発な文通と電話、ベオグラードであるいはロシアでの頻繁な逢瀬。ずいぶん以前からこの関係には信頼が生まれているわ。私は彼の……なんと言ったらいいのかしら……人生の同伴者という感覚があるの。十周年で金のネックレスを交換したのよ。その時からお互いに、文字通り鎖で結ばれていると感じているわ。彼が奥さんにネックレスの事をどう説明したか知らないけれど——知らぬが仏って決めたのよ。奥さんは体調の波が激しくて、どうしても彼を必要としてるんだけど、それが二十年前となんら変わらない。彼ばかりではなく、私よりも長生きするわよ、彼女！

人にあまりにも惹かれたり、取りつかれるようになると、悲劇的な結果を招く。こんな当然の事を、彼の出発の日に理解したわ。彼の見送りには行かないことを、二人で決めたの——神経を必要以上に痛めることはないし、特にペータルの目の前ではね。その日の事、一生忘れることはないわ。水曜日だった。十時五十分の便。彼の飛行機が飛び立ち、私はここで、このリビングで痙攣《けいれん》を起こして膝を付いて倒れたの。お腹に何本もの包丁を突き刺されたような感覚。たぶん侍が切腹をする時には同じような感じを覚えるんだと思うわ。麻薬の禁断症状もそんな感じだと思う。依存性は恐ろしいわね。

少なくとも一週間は、生きているでも死んでいるでもなく、寝込んでいた。それから舅《しゅうと》と姑《しゅうとめ》がミーシャを連れて来て、九月の何日間かいてくれた。本当に感謝してるわ。《治りかけているウィルス感染》という私の話をすんなり聞いてくれた。ミーシャの入学準備をしてくれ、学校にも何度か連れて行ってくれたの。

あとはミーシャと二人きり。

私の《ウィルス感染》はすっきりしなくて、息子は私の世話をし始めたの。なんだか分からないサンドイッチを食べさせたり、自分で作ったレモネードを飲ませたり、また彼が熱を出した時に私がしたように、水を入れた洗面器を持ってきて、私のおでこに濡れタオルを乗せたりね。

ミーシャがいなかったら、私はどうなっていたかしら？　ミーシャが学校に行っている間、体を丸めて横たわり、壁をぼんやりと見て『痛い、痛い、痛い、痛い、痛い……』と繰り返すばかりだった。

彼が帰宅するとね、私に昼食と夕食に何が必要か考えさせるの。そして一人で市場に行くのよ。その後は学校の出来事を話してくれて、宿題や自分が描いた絵を見せてくれたりしたわ。私にスポーツの練習さえさせたのよ！　私がよく言ってた『スポーツは健康に必要なの』を繰り返しながらね。家中の枕を集めて、私がベッドの上で起き上がれるように私の後ろに置き、ボールを投げるのよ。彼の創造力と粘り強さには心を打たれたわ。彼のために力を絞り出したわ。彼は私が少し元気になったのを見ると、一層がんばってくれたわ。

電話には、威勢よく、大人のような受け答えをしていた。『ママはよくなっています、でも電話は控えて下さい』こんな風よ。ピョートル・ドミートリエビッチだけが毎日電話をして来て、私を出すように要求してた。こんな毎日で、少しずつ、愛する小さい男の子と、毎日愛を示してくれる大きい男とのお蔭で、なんとか這い上がり始めたの。

ピョートル・ドミートリエビッチは、彼が去ってから丸一週間私が電話に出なかったので、とても心配したけれど、それからは定期的に話したわ。彼は私がどんなに辛いか分かっていたし、その原因も知っていた。また少しずつよくなっていることも分かっていたの。でもミーシャは、なんでママが病気になっているのか分からなかった。それで、またママになにか悪いことが起こるのではないか、その恐怖だけが残ったのよ。だから、彼はいつも用心しているの」

アレクサンドラの話でわたしは唖然とした！　やっと今、ピョートル・ドミートリエビッチの個展会場での彼の言葉の意味がはっきりと理解できた。『この一回の《変節》に《貞節》であり続ける』って。

この言葉で、彼らの関係が垣間見えたんだけど、実際にこの二人の愛がどんなに美しくまた辛いものであるか、どんなに大きな犠牲を払っているのか、想像できなかった。でも、その犠牲って……何のためだったのでしょう。

あるとき別れようとしたことがあった、とアレクサンドラが話してくれた。ピョートル・ドミートリエビッチは、あてもなく彼女の時間を浪費している――彼女はまだ若い、結婚して子供を持つこともできると考えた。数カ月彼らは連絡を取り合わなかった。彼女は一人の若者と付き合い始めることさえした――でもすぐ彼は自分に合わないという事が分かったと言う。

ピョートル・ドミートリエビッチが他国に暮らそうと、他の女性の夫であろうと、彼が全くいないよりはずっといい、と言う。

「彼との人生はチェスのボードみたいなものなのよ――白いマスと黒いマスが交互にあり、そして彼がいないその数カ月は変わり映えのしない灰色のボードと言ったところ。ピョートル・ドミートリエビッチにしても、同じように感じていたようよ。ある時、我慢しきれなくなって飛行機で飛んで来たわ。それ以来、短い逢瀬のために生き、その間を手紙と電話でつなぎ合わせているの」

わたしは彼女に言ったわ。

「お二人の関係がたとえ罪深いものであったとしても、《上にいる誰か》のお導きのような気がします……」

「私がピョートル・ドミートリエビッチに出合うために、その《上にいる誰か》が私の若い夫を殺し、ミーシャからは生まれる前に父親を奪ったと言うの？　ずいぶん過酷なお導きね」

ミハイルの日記

二〇〇二年八月二日

何かがおかしい。僕には感じられる。腰に手を当てて、奥歯を噛み締めるのを、何度か目撃した。背骨の検査を受けに行くようにと勧めたら、笑いでかわされ、原因はホモ・サピエンスの直立歩行にあり、四つん這いで歩けば治ると言われた。

なぜふざけるのかが分からない。もっとも、医者を避けるのはいかにもお袋らしい。十七年前だって、二週間も唸りながら痛みに耐え、医者どころか、爺ちゃん婆ちゃんにも連絡させてくれなかった。

ナターシャの手紙（ペテルブルグのマリア宛て）

二〇〇二年十月十五日

マーシャ、大変なの！　アレクサンドラの背中の痛みはヘルニアとかそういったことが原因だった訳ではないの。ミーシャはとうとう彼女を医者の所へ連れて行ったのよ。たくさんのレントゲンを撮り、三人の専門家に見せると、みんな同じこと言ったわ――手術するにも治療するにも遅すぎます。

ミーシャはショックを受け、わたしはずっと祈りをささげ、彼の前で涙を見せないようにしてる。当人のアレクサンドラは、カタツムリのように自分の殻に閉じこもって、何の感情も表わさない。

祈って、マーシャ、奇跡を祈ってちょうだい！

ナターリアの日記

二〇〇二年十一月三日

アレクサンドラは最初のうちショックを受けたようだったけれど、今は自分の身に起こったことを理解し、話し始めている。今日の昼食のとき、彼女はわたしたちに言った。「子供たち！　悲劇を二重にするのはやめましょう。私の健康状態が芳しくない事であなた達が陽気になれないことは十分承知しているけれど、この望ましくない贈り物をほかの観点から見てほしいの。一緒に過ごせる貴重な一瞬一瞬を大事にしましょ。

私が怖がっていない事を、知っていていてほしいの。終わりはいつも、思っているより早く来る――でもそれが近づいている事を知れば、別れの用意が出来るわ。愛する人たちに、どれだけ大切に思っているか、それにも拘らず、いろいろ出来なかった事を許してほしいと伝えるチャンスが生まれたと思いたいわ。死については、人は話したがらないし、考えることすら避けているわ――私もことさらに言うつもりはない。でも、死は決して消え去る事はないし、眼を閉じている間にそばを通り過ぎる事もない。生に目を向けて楽しみを作り、いつも後回しにしていたことを積極的にやりましょうよ——いい映画を見たり、博物館に行ったり……。一週間海へ泳ぎに行くとか。そう！　海に行くべきね！　まだ海は暖かいし、人はもうそんなに多くない——私、モンテネグロに行くわ！　一緒に行かない？」

勿論、行くわ……。アレクサンドラは正しい——人生に目を向けるべき。

でも今となっては、なんとも辛いわ……。わたしはお祈りをして、奇跡を願っているから少しは救われてるけど、ミーシャはひどく苦しんでいる。

ミハイルの日記

二〇〇二年七月十五日

僕の誕生日は三人でレストランで祝うことに決めた。この暑さの中、お袋とナターシャがキッチンの電熱器に苦しめられないように。僕が主賓だったので、彼女たちが場所を決め、お袋が運転した。駐車場が少し遠かったけど、夕方近くで新鮮な風が吹き、快適な散歩となった。

トプチデルの森の傍を、愛する二人の女性とゆっくり歩いて行った。気温は誂《あつら》えもののように快適で、空はまだ明るかったけれど、一番星が現れた。こおろぎの集《すだ》き声が聞こえて……。手で触れる事が出来るような幸福感を覚えた。幸福は確かに感情だけれど、硬いとか柔らかいとか、暖かいとか冷たいとかを五感で感じるように、幸福を体で感じたんだ。喜び、幸福——生理的なカテゴリーのように。感情、体感——なんだっていい。その感覚が、通りすがりの教会に寄って行こう、と提案するくらい僕を満たしたんだ。教会で僕に賜った幸福に「有難う」を言いたくなった。その気持がどこからわき起こったのかは分からない……。天啓かな？

そこで無神論者のお袋が、僕もナターシャも口をあんぐり空けたままになるような事を言った。

「行けばいいじゃない。でもこの教会は新しいから、たくさんの人のお祈りが溜まってる訳じゃないわよ」

お袋ったら——人を驚かすのが得意。神は信じていないけど、お祈りが何らかの力を有することは確信してる。古い教会に凄まじいエネルギーがあることも。それが大勢の人々の祈りや瞑想の中にあるエネルギーの集積で、山を動かすことも、海を分けることも出来る。だけどお袋は、自分の理論を発展させようとはしなかった（「私にはどんな理論もないわ。言葉にするのが難しいビジョンがあるだけ」）。その代わりに、神聖なるピーターそして罪深い人と信心深い人に関するいくつかのおもしろおかしい話をした。レストランでは他のことをお喋りした。もう一度言う——僕は幸せな人間だ。

ペテルブルグにいるマリアへの手紙

二〇〇三年一月八日ベオグラードにて

マーシャ、年賀状と素晴らしいお祝いの言葉を有難う！

返事が遅くなってごめんね。時間がなかったの。実はね、三日にアレクサンドラのお葬式をしたの。

元日は朝七時頃目が覚めたの。ミーシャがいなかったので心配になったわ。数時間前に夢うつつで彼が隣にいないとは感じたんだけど、きっとトイレにでも行ってすぐ戻ってくると思ったの。

七時になってなんか変だという感じで起きたの。家じゅう探したけど、彼はいなかった。そのとき初めて、枕元のメモに気付いたのよ。

「おどろかせたらごめん！　悪夢で目が覚めて、ママに電話したけど出ないんだ。何も起こっていないことを確認しに別荘に行ってくるよ。今日中に帰って来る。それまでに電話するね」

何があったか知りたくて、すぐに電話をしようと思ったけど、ことは面倒にしない方がいいと思ったの。彼は電話すると言ってるのだから、出来る状態なら掛けてくる、そう思っても、すっかり目がさえてしまった。

彼の事もアレクサンドラの事も、心配は増すばかり。重苦しい予感で、祈ることしかできなかった。奇跡聖人ニコライのイコンを前に、跪《ひざまず》いて祈りの言葉とアカフィストを唱えたけど、落ち着けなかった。それで、アレクサンドラが奇跡によって回復することを聖母マリアと聖人パンテレイモンにお願いしたの。

そう、彼女は罪人だったし、洗礼を受けていなかった。そして神を信じていなかった。イコンの前で跪き、彼女がわたしに言ったことを思い出したわ。

「人間には生きるか死ぬかを自分で選ぶ権利があるわ」そしてレフ・グミリョフの詩、「選択」を朗唱したの。


流血の運命からは逃れられない。

天帝は容赦なく短き生を与えてくれた。

でも何も言うな！

最高の権利も与えてもらっている——

自分の死は自分で選ぶ権利。

これは本当に、なにより大きな罪……。でも慈父は自分の子供たちを愛していて下さる！　わたしは、どの人も懺悔し祈りそして神を——どう想像しようが、どう呼ぼうが——神を信じたら、穏やかに生きることが出来るし、天啓の助けを望むことも出来る、そう思うわ。こころからの祈りは、自分の罪を自覚しているわたしたちの魂を助けているし、必ず神の御加護がわたしたちの下に降りてくる。このことを一度ならず確信したわ。

アレクサンドラの罪にも拘らず、神は彼女を救って下さる。だって彼女は人生でたくさんの善を尽くしたのですもの。あんな立派な息子を育て上げ、他人であるわたしを家庭に受け入れ、本当の母よりもよく面倒を見てくれた。彼女でなければ、他に誰が幸せで平穏な暮らしに値するでしょう!?

もし彼女がこころを開き、神の光を受け入れたら、神に身を委ねたら、全てを手に入れることが出来たでしょう！　でも彼女は、信仰っていうものは人のこころにあるかないかで、努力をして呼び起こすものではないって言っていた。

いまさら言っても……。彼女はもういないんだから。わたしは彼女が犯した恐ろしい罪にも拘らず、神が自分の国に彼女を受け入れて下さるよう祈るわ。そう、マーシャ、アレクサンドラは自分の「最高の権利」を行使したの。自分の意思でこの世を去ったのよ。

彼女とミーシャの別荘は、ズラティボールの山にあるの。そこに彼女は、リーディアといっしょに新年を迎えると言って出掛けたの。でも実際は、誰にも邪魔されないで、誰にも迷惑かけないように、たった一人で行ったのよ。

そこで正装して、髪も整え、お化粧もして、ミーシャにメモを残して……、永遠の眠りについたの。

そのメモは私も見せてもらったんだけど、嗚咽が止まらなかった。

「ミーシャ、感づいて、来てくれたのね。

シャンパンを飲んでいて——ちなみにすごくいいものだったわ！　もっと前に知っていれば、もっと楽しめたのにね。

あなたに何て言おうか考えているわ……。言われなくても、良く分かってるでしょう——あなたは私の一番の喜び、一番の誇り、そして生きがい、ということ。

ナターシャに私のことを謝っておいてね。彼女のキリスト教徒としての心は、私の行ないで傷つくでしょうから。

あなたはナターシャと愛し合って子供を作りなさい。子供が出来て、愛はどんなに大きくて、無条件な気持ちであり得るか、初めて分かるでしょう。

最後にもう一度——理解して、そして許してね。

愛情を込めて……あなたのママより」

ごめんね、マーシャ、また涙が止まらない……。何かあったらまたお手紙するわ。元気で、幸せにね。

ナターシャより

ミハイルの日記

二〇〇二年四月十七日

誰かが「お前にはママがガールフレンドを見つけてくれるさ」なんて言おうものなら、鼻で笑ったに違いない。

同じ理屈で、お袋が「ピョートル・ドミートリエビッチの展覧会のオープニングにいらっしゃい、綺麗なロシアのお嬢さんが来るわよ」と言ったときにも笑った。

「何それ？　僕が自分でガールフレンドも見つけられないと思ってるの？」

「うーん……幸運にも別れたけど、前の彼女のことを考えると（実際別れた時はすっかり気が軽くなった！）女の子を見る目があるとは言えないわね。分かった、分かったわよ！ごめんなさい。もう何も言わないから。前の彼女を批判したことは忘れて頂戴。このロシアの娘さんと《仲良くなれ！》と強制している訳じゃないのよ。《会ってみてはどうですか？》と、《とても綺麗で、躾が良く、背の高さもあなたに相応しい。ちょうどお似合いのカップルだ》と思っただけ。そう、来ないでいいわ！　いや、絶対来ちゃだめ！　そして絶対におしっこしちゃだめ！」

僕たちは笑い始め、涙が出るまで笑った。もういつのことだったか忘れたけど（その頃、僕はいくつだったかな？　たぶん三歳の頃）それはお袋が僕をトイレに間に合うように行かせるたった一つの方法だった。お袋がトイレのドアの前に立って、ドアを《遮って》、低い声で（眼を大きく開いて）「絶対におしっこしちゃだめ！」って言うんだ。そしてママと戦って僕が《勝って》トイレに走り込み、長い水柱を出すんだ、それまでは、おしっこなんてしたくないと頑固に言い張ってたのに！

僕は行く気がなかった。というよりは、行くも行かないも考えてなかった――他に用があったんだ。でも午後急いで車で出かけるとき、家の鍵を車の座席に放り投げたまま忘れてしまった。そしてそのまま車をニコラに貸してしまった。彼は何か、田舎から運ばなくてはいけなかった――それで、夕方家に入れなくなった。お袋の鍵を借りるだけのつもりでギャラリーに行ったんだ。でも行っちゃうと、ピョートル・ドミートリエビッチにも他の知り合いの人たちにも挨拶して……、お袋の仲人サービスを受ける気なんて全然なかったのに、ロシア美人の到来を待つ羽目になった。

僕は今家にいて眠れない。熱もあるようだ！　浮かれ立って鏡の前で「ソロモンの雅歌」と「ハムレット」の一節を朗唱している。彼女をデートに誘うのに朝まで待てないくらいだ。お袋はきっと、いつものわざとらしい無関心さを顔に浮かべるに違いない。

あとがき

私は十八歳になる日本人です。一九九八年に日本に帰化したという意味ですが……。出身はセルビアです。十年余をロシアやドイツでも過ごしました。日本語は首都のベオグラード大学日本語科で学びました。因みに、主任教授の山崎佳代子先生は昨二〇一五年『ベオグラード日誌』で第66回読売文学賞を受賞されました。この場を借りてお祝い申しあげます。

生まれ育った旧ユーゴスラヴィアのセルビアは日本から一万キロも離れている小さいヨーロッパの国で、「どちらから？」と訊かれ「セルビア」と答えると、大体の方は頻繁に瞬《まばた》きをされます。日本人のことですから、自分の知識のなさを恥ずかしがるというよりも、私に不愉快な思いをさせてしまうという気遣いが先にあるようです。そして当てずっぽうが始まります。色々な《新しい地理》を聞かされてきています（「オーストラリア？」「南米？」）。でも一番面白い、そして一番多い《あ、分かった！》は「セビリア！」です。そう、あの

「セビリアの理髪師」の……。スペインを訪れた方は帰って来ると真っ先に私に報告をしに来ます。「行ってきたんですよ、スペインに。きれいなところです。しかし遠いですね。高橋さんはよくこんな遠い国からいらっしゃいましたね」

Sevilla と Srbija はそれほど似ている地名ではないと思いますが、カタカナにすると、確かに響きが近いです。

もう一つのパターンがあります。

「どちらから来られましたか?」

「セルビア」

い、い、

瞬き、瞬き。

「セ……ルビア?　え……ぇ、なにが有名ですか?」

スポーツに興味のありそうな相手でしたら、「テニスのジョコヴィッチ選手」あるいは「名古屋グランパスのストイコヴィッチ選手、のち監督」と応えます。

映画好きに見える方の場合は、クストゥリッツァ監督の名を挙げます。

ひょっとして科学に詳しそうな方でしたら、天才科学者のニコラ・テスラで自慢します。

ユーゴスラヴィア紛争なら知らない人は、おそらく、いないでしょう。さかんに報道されていましたから。テレビを見ていたら漏れなく町の無残な姿、人の不幸が映されていました。

人が死んだり、ずっと何世代も住んできたところから追われたりしただけではなく、全てはセルビアだけのせいにされて、悲しさと憤りを感じずにはいられません。それとともに、恥ずかしくも思っています。七十年間、そこそこ仲良く共存してきたのに、もう一緒にはやってゆけない。それなら、なにもあんな野蛮な方法で別れなくても……。舞台裏ではアメリカ、イギリス、イスラム諸国があめとむちで物事を動かして……。そのことはもはや秘密ではないのですが、他人《ひと》のせいにしないで、私達ユーゴスラヴィア人の愚かさが原因だということを認めざるを得ません。そこが私の恥ずかしく思っているところです。

分離・独立紛争の側面だけからセルビアを見ないで欲しいです。セルビア人は、何しろ陽気で、ウィットに富んだスピリットの民族です。どんな悲惨な状況に置かれても、ユーモアを忘れることはありません。二人のセルビア人が一緒になれば、誰が考えたか分からない小話が延々と飛び交います。テーマは何でもありえます——政治、男女関係、親子関係、頭が空っぽということになっているブロンド女……

自分の小さい国を過剰に誇りにするふりをして、自分をも笑っています。本書のタイトルは韻を踏む意味もあって、**Srbija do Tokija**（スルビヤ・ド・トキヤ）ですが、ずっと東京まで全部セルビア、という内容です（「トキヤ」は「東京」の生格)。面積は小さいが、偉大な国だ、というちょっとした自虐です。

国と国あるいは民族間の戦争は多くの人の目を引きますが、戦い、衝突は一人の人間の中でも起こっています。紛争という、いわゆる大きなテーマについて書く作家は数多くいますが、一個人の中の世界、または個人と個人の関わり合いは私の最も興味のある題材です。人がどのように生き、そしてどうして死ぬ？　どのように人を愛し、どうして憎む？　人間らしさとは一体どういうことか？　私達それぞれは他人《ひと》の目にどう写っているのか？　自分に誠実でいるか？　こういったテーマほど大きいものはないと思います。戦争は非常事態で、ほとんどの人は一生経験しないかもしれない。しかし、人は生まれてから死ぬまで人間でいる。その人間の在り方について私は書き続けています。おそらくこれからもその限りなく深いテーマから目を逸らすことはないでしょう。

私の小説に登場する人物は、たまたまセルビア人、ロシア人、日本人です。言語が違っても、感情の表し方、信じている（あるいは疑っている、貶《しりぞ》けている）神が違っても、中身は大して変わらない人たちです。数時間の時差で彼らを起こしているのは同じ太陽で、夜は彼らの隠そうしている秘密をやはり同じ月が見下ろしています。

太陽と月に代わって私が彼らのストーリーを書き留めています。日本語で書いては、セルビア語とロシア語に訳します。又は、ロシア語で書いて、日本語とセルビア語に訳す――言語の違いに悩まされて、《もう二度と訳さない、訳すもんか！》ブツブツ言いながら十年以上やっています。時間が経つとどの小説を何語で書いたか忘れてしまいます。基本的にセルビア・ロシア・日本の《バミューダトライアングル》に遭難しています。時々誰かが《発見》してくれます。私の短篇小説のポプリはセルビアとロシアでそれぞれ一冊刊行されています。今回日本で発見してくださいました未知谷の飯島さんに Srbija do Tokija ほど大きい感謝をしております。

二〇一六年十一月　東京にて

高橋ブランカ

高橋ブランカ（Takahashi Branka）

作家、翻訳家、写真家、舞台女優

1970年旧ユーゴスラヴィア生まれ。1993年ベオグラード大学日本語学科卒業。1995年来日。1998年日本に帰化。1998年～2009年、夫の勤務で在外生活（ベラルーシ、ドイツ、ロシア）。2009年から東京在住。著書「最初の37」（2008年、ロシアで出版）、「月の物語」（2015年、セルビアで出版、クラーリェヴォ作家クラブ賞受賞）。

東京《とうきょう》まで、セルビア

Srbija do Tokija

2016年11月25日印刷
2016年12月15日発行

著者　高橋ブランカ
発行者　飯島徹
発行所　未知谷
東京都千代田区猿楽町2丁目5-9　〒101-0064
Tel. 03-5281-3751 / Fax. 03-5281-3752
［振替］　00130-4-653627
組版　柏木薫
印刷所　ディグ
製本所　難波製本

Publisher Michitani Co. Ltd., Tokyo
Printed in Japan
ISBN978-4-89642-514-7　C0093